Matthias Herbert

# Tendenziell
# Teuflische
# Thriller

Kurzkrimis
aus der Feder
eines
Serienmörders

**Band 3**

ISBN: 9783755714354

Herstellung und Verlag: BoD –
Books on Demand, Norderstedt

MORD & TOTSCHLAG
THRILLER

für

Roswitha Ladwig

meine erste Entdeckerin

# Inhalt

# DIE GESCHICHTEN

Wer die beiden vorherigen Bände dieser kleinen Reihe kennt, weiß es schon. Die neu hinzugekommenen Leser kann und will ich über das Wesen dieser kurzen Krimis aufklären. Und sie an dieser Stelle gleich darauf aufmerksam machen, dass es noch zwei weitere Sammlungen aus meiner Feder gibt, die bereits unter den Titeln „Kolossal Kaltblütige Killer" und „Ganz Gewiefte Gauner" erschienen sind.

Allen mörderischen und auch den weniger tödlichen Texten gemein ist, dass sie in den Jahren 1988 bis 1990 entstanden sind, wie man ganz sicher an vielen Stellen merkt.

Man zahlte noch mit D-Mark, brauchte Groschen zum Telefonieren und ein Computer war für viele Menschen noch eines der großen Rätsel der Welt.

Keiner konnte auf der Straße herumlaufen und dabei Filme sehen und Fotos musste man zum Entwickeln bringen und eine Woche warten.

Entsprechend technisch beschränkt waren die Ermittler in Realität und Fiktion und

Menschen waren tatsächlich manchmal einfach nicht zu erreichen.

Oder zu finden.

Der Krimiautor an sich hatte damals noch den Drang, seine Helden in Amerika oder England ermitteln zu lassen und Skandinavien war als Schauplatz von Mord und Totschlag noch nicht entdeckt.

Die regionale Provinz mit realen Orts- und noch realeren Straßennamen schon gar nicht.

In vielerlei Hinsicht ist damit das Schmökern in diesen Stories auch eine Zeitreise in die 80er Jahre und es ist schon bemerkenswert, wie viel sich in den letzten Jahrzehnten verändert hat.

*

Die Kurzkrimis in dieser Sammlung kommen nicht aus den Tiefen eines Archivs für Ungedrucktes, sondern wurden alle schon einmal in den verschiedensten Zeitschriften veröffentlicht, die die Rechte für den einmaligen Abdruck über eine Agentur erworben hatten, mit der ich damals zusammenarbeitete.

Die Bandbreite der Publikationen aus der Yellowpress, die mich damals unter Pseudonym druckten, reichte von „Quick" über „auf einen Blick" und „Tina" bis hin zu „das Neue" und „TV-Spielfilm".

Diese Kurzkrimis sind die ersten „Werke" aus meiner Feder, mit denen ich als Autor systematisch und regelmäßig ein Einkommen erzielen konnte.

Das Schreiben für die Agentur half mir damals über die unendlich hohe Schwelle vom ambitionierten Schreibwilligen zum professionellen Wortwerker und Schriftsteller.

Im Rückblick war es nur eine kurze Zeit, in der ich mich mit dem Genre Kurzkrimi befasste, denn es waren nicht einmal vier Jahre.

Dann war ich als Drehbuchautor schon so gefragt, dass ich keine Zeit mehr für diese kleine Form der Unterhaltung hatte.

Schade eigentlich...

*

Die Produkte meiner Anfänge gerieten in Vergessenheit. Sie hatten ihr Geld verdient und es war schwer, das alles noch einmal zu verwerten und jemanden dafür zu interessieren, vielleicht eine Sammlung davon herauszubringen.

Es war aber bemerkenswerterweise eine der Geschichten aus den Zeitschriften, die mir damals die Tür zum Filmgeschäft öffnete.

Denn mit einer der Stories, die ich in einen Vorschlag für einen Fernseh-Film umwandelte, bewarb ich mich für ein Autorenseminar für Drehbuchautoren und solche, die es werden wollten.

Ich wurde genommen, als Talent entdeckt und so begann mein jahrzehntelanger Weg durch die Fernsehgeschichte.

Besagte Story war: „Ein kuscheliger Flugbegleiter", die mich so indirekt zum Drehbuchautor machte.

\*

Über dreißig Jahre später stieß ich zufällig bei einer großen Aufräumaktion auf eine Kiste, in der ich einen großen Teil meiner Frühwerke fand.

Ich hatte diese Stories eine Ewigkeit nicht gesehen, aber beim Lesen hatte ich nicht nur nostalgische Gefühle.

Überraschenderweise waren und sind mir diese kleinen Krimis nicht peinlich, wie es doch oft bei Produkten aus der Jugendzeit ist, insbesondere bei Schrifttum.

Im Gegenteil.

Ich war und bin immer noch erstaunt, wie weit ich vor dreißig Jahren schon war. Denn vieles von dem, was damals in den Kurzgeschichten angelegt war, mache ich heute im Film fast genauso.

Von der Figurenzeichnung, der Emotionalität, der Dramaturgie her.

Von den Einfällen ganz abgesehen.

Somit steckte schon damals irgendwie in jeder der kurzen Geschichten, die in Rubriken wie „Krimi der Woche" erschienen, ein kleiner Film.

Der Vorrat ist nun erschöpft. Mit dem dritten Band endet diese kleine Reihe aus der Vergangenheit eines televisionären Serienmörders.

Auch in der dritten Kurzkrimisammlung gibt es eine Zugabe.

Diesmal ist es die Geschichte „Mona Lisas Blick", die erstmals im Jahr 2013 in der Anthologie „Küche, Diele, Mord" im KBV Verlag veröffentlicht wurde.

Limburg, November 2022

Matthias Herbert

# ENDSPIEL

Herbert schaltete den Fernseher an.

Die Übertragung hatte schon begonnen. Auf dem Rasen liefen sich die Spieler warm.

Herbert schaute nicht hin. Er drehte den Ton lauter, bis er sicher war, dass er in der Nachbarwohnung zu hören war.

Am Nachmittag hatte er mit Gruber von nebenan noch ein paar Worte gewechselt.

'Sie schauen sich doch das Endspiel an, oder?'

'Sicher', hatte Herbert geantwortet.

*

Die Straßen waren wie ausgestorben, sogar für einen Samstag. Herbert sah auf die Uhr. 18:10.

Er würde etwa eine Viertelstunde bis zur Wohnung brauchen.

Herbert beeilte sich nicht. Er wusste, er hatte genug Zeit.

Kein Mensch kam ihm entgegen.

Kein Auto fuhr.

Die Stadt war tot.

Aus offenen Fenstern hörte er die Fernseher. Manchmal auch Rufe und Fluchen. Es war fast wie in einem riesengroßen Stadion.

Herbert dachte nach. Hatte er auch nichts vergessen? Hatte er gestern alles richtig gemacht?

Er ging im Geiste noch einmal jeden Schritt durch. Mittags hatte er die Blumen gekauft, in dem kleinen Blumenladen. An der Hausecke hatte er gewartet, bis er sicher war, dass der alte Lorum wie immer am Fenster saß.

Erst dann war er hinübergegangen, hatte umständlich die Tür aufgeschlossen und war die Treppen hochgestiegen.

Der Alte hatte ihn gesehen, das war wichtig. Eine Weile hatte Herbert im Treppenhaus gewartet.

Später war er durch den Hinterausgang in den Hof geschlüpft und hatte sich durch den Garten davongeschlichen.

Herbert nickte vor sich hin. So weit war alles gut gelaufen. Der Alte würde jedem erzählen, dass er zu Monika gegangen wäre.

Monika.

Herbert knirschte mit den Zähnen. 'Dieses Miststück', dachte er. Ausgerechnet mit seinem besten Freund musste sie ihn betrügen. Und dazu hatte er ihn ihr noch selbst in die Wohnung gebracht.

Er hatte sie gefragt, ob er ein paar Tage bei ihr bleiben könnte, vor einem Vierteljahr.

Wie hatte er auch ahnen können, dass zwischen den beiden etwas laufen könnte.

Ulli.

Ausgerechnet mit Ulli, diesem halben Hemd, diesem Zwerg.

Herbert lachte verächtlich.

Er hatte nichts geahnt.

Bis sie ihm dann letzte Woche gesagt hatte, dass es aus sei.

Einfach so.

Er könnte sich seine Klamotten bei Gelegenheit abholen. Endgültig.

Es hatte einen Riesenkrach gegeben.

Der Lorum hatte ihn gehört.

Das machte sein Vorhaben komplizierter.

Zwei Tage hatte er nachdenken müssen, dann hatte er die Lösung gehabt.

Ulli war zum Endspiel gefahren.

Er würde morgen zurückkommen. Dann... Er würde sie nicht bekommen.

Bestimmt nicht.

Der Weg führte über den Friedhof. Am Eingang war der Blumenladen. Hier hatte er gestern den Strauß gekauft.

Hatte der Verkäuferin noch extra erzählt, dass er sich mit seiner Freundin versöhnt hätte.

Herbert zuckte zusammen.

Der Strauß! Er hatte den Blumenstrauß vergessen!

Er blieb stehen.

Was sollte er machen? Der Strauß war wichtig, war ein Teil des Plans. Ratlos sah er sich um. Da entdeckte er in einer Ecke ein Grab, das völlig mit Kränzen und Blumen bedeckt war.

Zögernd ging er näher heran. Bückte sich, suchte zwischen den Blumen. Da war ein Strauß, der fast wie seiner aussah.

Herbert schaute sich um.

Kein Mensch zu sehen. Er zog die Blumen zwischen den Kränzen hervor. Ja, das würde gehen. Er eilte zum Ausgang.

*

Vor dem Haus war niemand zu sehen. Auch der alte Lorum saß bestimmt vor dem Fernseher.

Rasch schloss Herbert die Haustür auf und stieg vorsichtig die Treppe hinauf. An der Wohnungstür lauschte er. Er hörte leise Musik, wahrscheinlich aus dem Bad. Monika war ein Gewohnheitsmensch. Jeden Samstag um 18:00 Uhr stieg sie in die Badewanne und blieb dort mindestens eine Stunde.

Herbert schloss leise die Tür auf. Monika wusste nicht, dass er noch einen Schlüssel hatte.

Er legte den Blumenstrauß auf die Garderobe, rollte die Ärmel hoch und schlich zum Bad.

Die Tür knarrte leicht. Monika fuhr herum und starrte ihn erschrocken an. Dann wich ihr Schreck langsam einem kalten Entsetzen, sie holte tief Luft, doch bevor sie schreien konnte, verschlossen Herberts kräftige Hände ihr den Mund.

Sie wehrte sich nicht lange.

Herbert warf noch einen Blick auf den in der Wanne liegenden Körper, trocknete sich dann die Hände ab und ging ins Schlafzimmer.

Dort räumte er den großen Koffer wieder aus, verstaute seine Sachen in den Schränken und packte Ullis Hemden und Hosen ein.

Er holte die Blumen von der Garderobe und stellte sie in eine Vase.

Noch einmal sah er sich sorgfältig um. Er hatte nichts vergessen. Als er gerade die Wohnungstür hinter sich zuzog fuhr er zusammen.

Das ganze Haus hallte wider von vielstimmigem Geschrei.

Dann verstand er: Es war ein Tor gefallen. Auch auf dem Heimweg begegnete ihm niemand.

Er kam gerade zum Ende der ersten Halbzeit zu Hause an und ließ sich in den Sessel fallen. Herbert starrte auf den Bildschirm, konnte das Spiel aber nicht verfolgen.

Sein Blick fiel auf den Blumenstrauß auf dem Tisch. Er stand auf und warf ihn in den

Mülleimer. Den müsste er noch am Abend wegbringen.

Morgen früh würde Ulli zurückkommen. Wahrscheinlich würde er gleich die Polizei rufen. Aber alle Beweise wären gegen ihn.

*

Das Schrillen der Türklingel riss Herbert aus dem Schlaf. Er blinzelte zur Uhr. Halb elf.

Er hatte zwei Schlaftabletten nehmen müssen, um überhaupt einschlafen zu können.

Er zog einen Morgenmantel über und ging zur Tür.

„Herr Melzer?" Zwei Männer standen vor ihm.

„Ja? Was ist denn?"

„Polizei." Der Größere hielt ihm einen Ausweis und eine Marke hin.

„Dürfen wir hereinkommen?" Er machte einen Schritt auf die Tür zu.

„Was ist denn los?" Herbert spielte seine Rolle gut. „Ist was passiert?"

„Müssen wir das hier draußen besprechen?" Der Wortführer machte eine Handbewegung Richtung Tür.

„Bitte, kommen Sie herein." Herbert ließ die beiden eintreten.

„Sie sind mit Fräulein Wegner befreundet?"

„Ja, warum?"

„Wann haben Sie sie zuletzt gesehen?" Herbert schaute von einem zum anderen. „Wieso, ist ihr etwas passiert?"

„Beantworten Sie die Frage."

„Vorgestern, warum denn?"

„Sie ist heute morgen tot aufgefunden worden."

„Was?!" Herbert ließ sich auf das Sofa fallen und starrte die Beamten an. Schüttelte langsam den Kopf.

Die beiden Polizisten beobachteten ihn schweigend.

Herbert zitterte leicht. Es sah sehr echt aus. „Was denn, ja wie ... wer?"

„Ein Ulrich Franke hat sie heute Morgen in der Badewanne gefunden. Kennen Sie ihn?"

„Ulli, ja, ja sicher, aber, aber, wieso wie kann der in die Wohnung? Der hat doch keinen Schlüssel mehr."

Die beiden Polizisten warfen sich einen Blick zu. „Nicht mehr? Erzählen Sie."

Herbert setzte sich auf. „Der Ulli, der hat vor einem Vierteljahr 'mal paar Tage bei Moni gewohnt, als der kein Zimmer hatte. Vor 'ner Woche dann nochmal. Da hat der gedacht, dass er bei ihr landen kann. Ich hab' mit der Moni deshalb sogar Krach gekriegt."

Die beiden Beamten sahen sich wieder an und nickten.

„Aber die Moni hat ihn rausgeschmissen. Sie hat ihm gesagt, dass er seine Klamotten holen soll..."

Herbert merkte, dass er überzeugend war.

„Vorgestern bin ich dann zu ihr, wir haben uns wieder vertragen..."

„Haben Sie ihr Blumen mitgebracht?"
„Blumen? Wieso... ja am Freitag, da hab' ich." Er legte das Gesicht in die Hände und schluchzte auf. „Sie, sie ist tot? Moni."

„Weiße Nelken?"
Herbert schaute auf. „Ja."

„Wo haben Sie die gekauft?"

„In dem kleinen Laden vor dem Friedhof. Warum denn?"

Herbert wartete gespannt. Die Polizisten ebenso

„Ja, von dort sind sie", wiederholte Herbert.

„Die haben Sie da am Samstag gekauft?"

„Ja, nein, am Freitag, das hab' ich doch gesagt. Ist das denn so wichtig?"

Der Wortführer kam einen Schritt näher und setzten sich Herbert gegenüber.

„Ich denke, es wäre besser, wenn Sie aufhören würden, uns Lügen zu erzählen. Wir müssen zwar zugeben, dass die Vorstellung, die Sie hier geliefert haben, eindrucksvoll war. Fast hätten wir Ihnen das abgekauft. Aber..." Er schaute zu seinem Kollegen, der fortsetzte:

„Da ist etwas, das Sie uns erklären müssten. Wir haben nachgeforscht, woher die Blumen sind. Aus dem kleinen Laden am Friedhof. Das ist richtig. Die Verkäuferin hat sie wiedererkannt und dabei etwas Interessantes entdeckt. Der Strauß ist mit einem schwarzen Seidenband gebunden. Dieses Band benutzt sie nur für Beerdigungen. Sie fragt vorher immer. Die ganze Woche hat sie keine Nelken für ein Begräbnis verkauft. Erst am Samstag. Wie können Sie Ihrer Freundin nun am Freitag einen Strauß Blumen mitgebracht haben, der erst am

Samstag verkauft wurde und jetzt eigentlich auf dem Friedhof liegen sollte?"

# EIN GEHALTVOLLES GERICHT

„Was machst du denn?" Charlotte Würz schaute zur Tür herein. „Warum räumst du denn die Kühltruhe aus?"

„Ich will nur was nachsehen", antwortete Würz.

Seine Frau zuckte die Achseln und ging wieder.

Würz nahm zwei Packungen mit eingefrorener Lasagne. Das war genau die richtige Größe. Vorsichtig öffnete er die Päckchen und holte die Aluschalen heraus. Mit einem scharfen Messer schnitt er die Hälfte des Teiggerichts ab und legte in den so entstandenen Hohlraum ein dickes Bündel Banknoten, die in Plastikfolie eingeschweißt waren.

Mit der anderen Packung ging es genauso. Würz klebte die Päckchen schließlich wieder zu und verstaute sie in der Tiefkühltruhe.

Wie wenig Platz eine Million wegnahm, wenn man sie in Tausendern hatte!

Zufrieden ging Würz nach oben in das Wohnzimmer seiner luxuriösen Villa.

Jetzt konnten sie ruhig kommen. Und wenn sie das Haus und sein Büro auf den Kopf stellten, sie würden nichts finden.

Es hatte doch tatsächlich einer gewagt, den Immobilienhändler Würz anzuzeigen. Irgendein unzufriedener Kunde, der die zehn Prozent Aufschlag auf den Kaufpreis des Hauses, die Würz schwarz verlangt hatte, nicht zahlen wollte.

Morgen würden sie anrücken, die Steuerfahnder, und alles durchwühlen, aber nichts finden, denn Würz hatte gute Verbindungen ins Finanzamt.

Gegen ein paar Scheine waren bei bestimmten Leuten immer ein paar Informationen zu bekommen.

'Wäre ja gelacht, wenn ich wegen irgendeinem Mistkerl das alles hier verlieren sollte', dachte Würz und betrachtete den parkähnlichen Garten.

Weiter hinten war Baltus dabei, den neuen Wagen zu waschen.

Würz trat auf die Veranda. „Baltus, sind Sie noch nicht fertig?", rief er.

„Sofort, sofort", dienerte Achim Baltus.

Würz drehte sich um und ging ohne ein weiteres Wort wieder hinein.

Achim Baltus schaute ihm hasserfüllt nach.

Wie tief war er gesunken.

Vom Mitinhaber des gutgehenden Immobiliengeschäfts Baltus & Würz zum Handlanger dieses Blutsaugers.

Würz hatte ihn ausgebremst, wie er manchmal launisch zu seinen Freunden sagte. Alle kritischen Verträge hatte er Baltus unterzeichnen lassen. Am Schluss musste Baltus Würz seine Anteile an der Firma überschreiben.

Er durfte weiter bei ihm arbeiten, gönnerhaft hatte Würz ihm das gestattet.

Anfangs noch in der Firma, später wurde er zum Fahrer degradiert, bis er schließlich nur noch Mädchen für alles in Haus und Garten war.

„Unseren Sklaven" nannte ihn Charlotte nur noch, meistens in Hörweite von Baltus.

„Man muss sich ja um seine Leute kümmern", sagte sie immer, und gab Baltus den trockenen Kuchen vom Wochenende mit.

*

Als am nächsten Tag die Steuerprüfer im Büro und Haus auftauchten, war Würz bestens vorbereitet.

Alle Bücher waren vollständig und sauber, nichts deutete auf eine Unkorrektheit hin.

Die Beamten suchten den ganzen Tag lang, konnten aber beim besten Willen nichts entdecken, sodass sich gegen Abend der Chef der Truppe bei Würz vielmals entschuldigte und seinen Leuten den Rückzug befahl.

Würz gab sich generös. „Keine Ursache", meinte er. „Wissen Sie, als erfolgreicher Geschäftsmann muss man immer mit Neidern leben, die einen anschwärzen wollen..."

*

Beim Abendessen war Würz bester Laune. Seine Frau, die sich nie um seine Geschäfte kümmerte, konnte sich seine Fröhlichkeit nicht erklären, freute sich aber mit ihm.

„Champagner!", rief Würz. „Ich brauche jetzt Champagner!"

„Im Keller sind noch ein paar Flaschen", antwortete Charlotte. „Ich hole eine."

„Das musst du nicht, mein Schatz. Das mache ich schon."

Würz ging hinunter in seinen gut gefüllten Weinkeller.

Ganz hinten in einer Ecke hatte er noch vier Flaschen vom Feinsten. Er überlegte, ob er nicht gleich zwei nehmen sollte, ließ es dann aber bei einer.

'Es gibt noch genug Gründe zum Feiern', dachte er.

Als er zur Treppe ging, hörte er, wie im anderen Raum die Gefriertruhe ansprang.

„Schauen wir doch mal nach unserem Tresor", sagte er sich.

Er hob die schwere Klappe und schaute hinein. Wo waren denn seine Lasagnepackungen?

Würz stellte die Flasche ab und begann in der Truhe herumzuwühlen, erst leicht beunruhigt, dann immer hektischer, am Ende panisch.

„Das gibts doch nicht! Wo sind die Packungen!?", schrie er.

Charlotte, die den Lärm gehört hatte, kam herunter. „Was ist denn los? Was suchst du denn?"

Heiser fragte Würz: „Die Lasagne. Wo ist die Lasagne hingekommen? Hier waren zwei Packungen Lasagne drin!"

„Warum regst du dich denn so auf? Ich habe sie ..." Charlotte verstummte, als sie das wütende Gesicht ihres Mannes sah.

„Was hast du damit gemacht?", brüllte er sie an.

„Die waren doch schon über das Verfallsdatum hinaus", sagte sie kleinlaut. „Da habe ich sie unserem Baltus gegeben..."

„Was hast du gemacht?!", brüllte Würz seine Frau an.

\*

„Lass nur, ich geh schon." Baltus nickte seiner Frau Christine zu und stand vom Sofa auf.

Wieder klingelte es, diesmal länger.

„Nur die Ruhe, ich komme ja schon", rief Baltus. Er öffnete die Tür.

„Herr Würz, was für eine Überraschung", grüßte er ohne Begeisterung.

„Möchten Sie hereinkommen?"

„Danke, gerne."

Würz konnte sehr liebenswürdig wirken, sonst hätte er auch nicht so viel Erfolg als Makler gehabt.

„Was kann ich für Sie tun?", fragte Baltus in dem unterwürfigen Ton, den er sich in all den Jahren als Haushoftrottel angewöhnt hatte.

„Es ist mir etwas peinlich", begann Würz. „Meine Frau wollte Ihnen heute etwas Gutes tun und hat Ihnen zwei Packungen tiefgefrorene Lasagne mitgegeben..."

„Ja, das war sehr nett von ihr." Christine war aus dem Wohnzimmer gekommen.

Würz begrüßt sie mit einem Nicken. „Leider hat sie die Packungen mit zwei anderen verwechselt, die sie wegwerfen wollte, weil auf ihnen das Verfallsdatum überschritten war. Ich habe Ihnen hier die beiden frischen mitgebracht."

Würz holte aus einer Plastiktüte zwei neue Lasagnepackungen, die er auf dem Weg hierher im Supermarkt gekauft hatte.

„Wenn Sie mir die beiden anderen geben, dann kann ich die gleich auf dem Weg nach Hause in die Mülltonne werfen."

Christine hielt die beiden kalten Päckchen unschlüssig in der Hand.

„Vielen Dank", sagte sie verlegen. „Aber die zwei anderen..."

„Sie haben sie doch nicht etwa schon gegessen?" Würz brauchte das Entsetzen in seiner Stimme nicht zu spielen.

„Nein, das nicht. Das heißt..." Baltus wusste nicht, was er sagen sollte.

Christine platzte schließlich damit heraus: „Ich wollte sie zum Abendessen machen, aber dann hab ich vergessen, dass sie im Herd waren und alles war verkohlt und verbrannt, ja richtig verbrannt, vielleicht riechen Sie es ja noch ... Wissen Sie, ich war noch nie eine große Köchin..."

Würz bemerkte tatsächlich einen brenzligen Geruch. „Verbrannt?", fragte er schwach.

„Ja, verbrannt. Sie brauchen sich also keine Sorgen zu machen. Wir haben nichts davon gegessen." Christine schaute auf die frischen Packungen. „Aber vielen, vielen Dank. Das werde ich gleich in den Ofen tun. Aber diesmal pass ich drauf auf..."

„Verbrannt!", sagte Würz immer wieder, als er wie in Trance das Treppenhaus hinunterging.

„Verbrannt", sagte er, als er auf seinen Wagen zumarschierte. Dann verstand er endlich, was geschehen war. „Verbrannt! Verbrannt. Eine Million", schrie er wütend.

Passanten blieben stehen, um lachend einem gutgekleideten Herrn Mitte Fünfzig zuzuschauen, der einer Plakatwand wütende Fußtritte versetzte.

*

„Herrlich", sagte Christine, und Baltus musste ihr zustimmen. „Die Lasagne war wirklich so gut wie beim Italiener. Naja, der Würz, der kauft eben immer nur vom Feinsten..."

Beide lachten herzlich.

„Das war eine tolle Idee, Zeitungen zu verbrennen. Ich habe gemerkt, wie er es gerochen hat." Baltus löffelte die restliche Soße von seinem Teller.

„Der hat uns jedes Wort geglaubt." Christine war zufrieden.

„Wir haben aber auch gut gespielt..."

„Das ist Schwarzgeld, ganz bestimmt. Ich habe gedacht, ich schnappe über, als ich das Geld gefunden habe. Ich hatte so eine Wut auf diese eingebildete Kuh, mit ihrem: 'Hier, das ist für Sie, damit Sie auch einmal etwas Gutes essen', dass ich den Kram auf die Straße geworfen habe. Und da fällt das Geld raus..."

Baltus strich mit den Fingern über die Geldbündel. „Jetzt habe ich endlich wieder, was mit zusteht..."

# ERSTKLASSIGE BILDER

„Meine Frau betrügt mich", sagte Oscar Brewer. Er saß im Detektivbüro und schaute verlegen zu Boden.

Kenny Leggins kannte diesen Typ Klient. Der erfahrene Privatdetektiv kam ohne Umschweife zur Sache: „Was brauchen Sie? Fotos? Name? Adresse?"

„Ich möchte wissen, mit wem und wo sie sich mit ihm trifft."

Leggins kritzelte etwas auf einen Block.

„Fotos?"

„Wenn es sich nicht vermeiden lässt."

„Gut. Zwei Wochen brauche ich. Soll ich Sie anrufen, wenn ich etwas habe?"

„Nein, nein!" wehrte Brewer hastig ab. „Ich rufe Sie an, vom Büro aus. Sie würde sonst bestimmt etwas merken."

Er stand auf. „Sie schreiben mir eine Rechnung und schicken sie mir ins Büro?"

„Kein Problem." Leggins begleitete seinen Kunden bis zur Tür.

*

Der Job war für den Detektiv nicht besonders schwer. Man musste sich nur an Lissy Brewer hängen.

Sie traf sich tatsächlich mit einem Liebhaber.

Am Dienstag und am Donnerstag.

In einem abgelegenen Teil der Stadt in einer billigen Wohnung, wo man an die Mieter nicht viele Fragen stellte, solange sie zahlten.

Leggins verfolgte anschließend den Mann bis zu dessen Haus.

„Phillip Meyer" stand auf der Klingel.

Verheiratet war er, hatte zwei Kinder, Beruf: Geschäftsmann.

Das erfuhr der Detektiv durch ein paar diskrete Fragen in der Nachbarschaft.

Leggins überlegte sich, ob er seinem Auftraggeber schon jetzt Bescheid sagen sollte. Die ganze Sache war eigentlich klar.

Aber dann dachte er, dass eine weitere Woche „Recherche" und ein paar entlarvende Fotos sich auf der Rechnung gut machen würden.

Von einem gegenüberliegenden Haus aus schoss er mit dem Teleobjektiv wunderbare Bilder.

Er schrieb dazu einen kurzen Bericht, steckte alles in einen Umschlag und schickte es an Brewer.

*

„Da gibt es wohl keinen Zweifel", seufzte Brewer, als er tags darauf Leggins anrief.

„Bei den Bildern"

„Und sie treffen sich dienstags und donnerstags, immer um fünfzehn Uhr?"

„Genau."

Gelangweilt leierte der Detektiv die Ergebnisse noch einmal herunter. „Der Typ, Meyer, kommt immer genau eine halbe Stunde vorher. Um drei erscheint dann Ihre Frau. Er geht um vier, sie um halb fünf."

„Jaja, das haben Sie ja auch geschrieben. Entschuldigen Sie, es ist hier so laut im Büro. Was sagten Sie?"

„Ich sagte, wann bezahlen Sie?", wiederholte der Detektiv lauter.

„Oh, ich werde heute noch die Überweisung schreiben", versicherte Brewer und legte auf.

„Hoffentlich", brummte Leggins.

*

Brewer, der in Wirklichkeit nicht vom Büro, sondern aus einer Telefonzelle angerufen hatte, schaltete den kleinen Kassettenrecorder ab. Die auf dem Tonband festgehaltenen Bürogeräusche verstummten.

Er nickte zufrieden und verließ beschwingt die Zelle.

Es klappte also, der Detektiv war auf seinen Trick hereingefallen: Er würde später beschwören, dass sein Klient ihn vom Büro aus angerufen hatte.

Ein Großraumbüro hat Vorteile.

Keiner kümmert sich um den anderen und jeder ist bemüht, den allgemeinen Lärm zu ignorieren.

Niemandem fiel es auf, dass Brewer am Dienstag darauf seine Mittagspause überzog.

Er stand jetzt im Eingang eines Geschäftes.

Das Haus, in dem sich seine untreue Frau so regelmäßig vergnügte, lag genau gegenüber.

Heute würde sie eine große Überraschung erleben.

Brewer tastete nach der Pistole in seiner Tasche.

Pünktlich um drei kam ein Mann die Straße herunter und verschwand im Haus.

Brewer erkannte ihn sofort, wenn er auch auf den Fotos weniger bekleidet gewesen war.

Es war dieser Phillip Meyer.

Brewer verzog unwillig das Gesicht. Was fand Lissy nur an diesem Kerl?

Einen Bauch hatte er auch noch.

Der Beobachter schaute sich kurz auf der Straße um, dann ging er rasch hinüber und folgte Meyer in das Haus.

Das Zimmer war leicht zu finden.

Er klopfte. „Ja, was ist?"

„Sir, es ist wegen der Miete", sagte Brewer mit verstellter Stimme.

„Was, die ist doch bezahlt", kam es verärgert zurück, und die Tür wurde geöffnet.

Erschrocken starrte Meyer die Pistole an, die auf ihn gerichtet war. Er wich ein paar Schritte ins Zimmer zurück.

„Was, was wollen Sie?"

Brewer folgte ihm und schloss die Tür hinter sich. „Sie werden in Zukunft keine Gelegenheit mehr haben, sich mit meiner Frau zu treffen!"

Meyer wollte etwas sagen, brachte aber keinen Ton heraus. Seine Lippen zitterten.

Brewer schoss zweimal.

Rückwärts fiel Meyer auf das Bett und rührte sich nicht mehr.

Wie ein Schlafwandler verließ Brewer das Haus und ging ein paar Straßen weiter.

An einer Ecke betrat er eine Telefonzelle, atmete ein paarmal tief durch, um sich zu beruhigen, und wählte dann die Nummer von Detektiv Leggins.

Dabei zog er den kleinen Recorder aus der Tasche und schaltete ihn ein.

Büroatmosphäre vom Tonband füllte die enge Telefonzelle.

„Brewer hier! Mister Leggins?"

„Ja, was gibt's denn noch?", fragte der Detektiv.

„Ich ... ich weiß. nicht, wie ich es Ihnen sagen soll ... Ich wollte Ihnen Ihr Geld überweisen, aber leider habe ich Ihre Kontonummer verlegt. Könnten Sie vielleicht so freundlich sein...“

Leggins stöhnte unwillig, dann gab er aus dem Gedächtnis die Nummer durch.

„Moment, Moment, ich habe nichts zu schreiben ... Ted, könntest du mir mal, vielen Dank.“

Brewer tat so, als sei er nicht allein, wiederholte umständlich Zahl für Zahl. Dann entschuldigte er sich noch einmal, legte auf und grinste.

Das war geschafft. Er hatte ein Alibi: Während der Tatzeit war er im Büro gewesen.

Der Detektiv würde es bezeugen, und die Kollegen im Büro achteten mit Sicherheit nicht darauf, ob und zu welcher Zeit er zugegen gewesen war.

Rasch ging Brewer zu seinem Wagen und machte sich auf den Weg zur Arbeitsstätte.

Recorder und Pistole versteckte er einstweilen unter dem Sitz.

Später würde er beides in den Fluss werfen. Aufgeregt stellte er sich vor, wie Lissy nachher ihren Geliebten vorfinden würde.

Über die Konsequenzen dieses Schocks machte er sich vorerst keine Gedanken.

*

Ungeduldig blickte Oscar Brewer auf die Uhr.

Wo blieb Lissy denn nur?

Seit einer Stunde wartete er schon zu Hause, aber seine Frau war nicht aufgetaucht.

Na gut, vielleicht heulte sie sich bei einer Freundin aus.

Es klingelte.

„Oscar Brewer?" Ein stämmiger Mann hielt ihm einen Ausweis vor die Augen. „Ich bin Louis Strong, Inspektor bei der Mordkommission."

„Mordkommission? Wieso? Warum kommen Sie zu mir? Was ist passiert? Was wollen Sie?"

„Das erkläre ich Ihnen gleich", antwortete der Kriminalbeamte und trat unaufgefordert ein.

Brewer folgte ihm verwirrt ins Wohnzimmer.

Dort warf der Inspektor einen Umschlag auf den Tisch: „Schauen Sie sich das einmal an!"

Zögernd nahm Brewer einen Stapel Bilder heraus. Erschrocken ließ er sie wieder fallen.

Das konnte doch nicht wahr sein!

Da stand er höchstpersönlich vor diesem Herrn Meyer, dem Geliebten seine Frau.

Er hatte die Pistole in der Hand und schoss auf den Nebenbuhler.

Jede Einzelheit war fotografisch festgehalten.

„Ja, Mister Brewer, erstklassig wie?", dröhnte der Inspektor.

„Und wissen Sie, wo die Fotos herkommen? Ganz einfach. Die Ehefrau Ihres Opfers war genau wie Sie misstrauisch geworden und hat diese Woche einen Privatdetektiv engagiert, der beweisen sollte, dass ihr Mann fremdging. Heute hat dieser Detektiv mit seiner Arbeit begonnen und lauerte im Haus gegenüber. Und dann kam die Sensation: Er bekam Bilder, die er eigentlich gar nicht machen wollte. Auf jeden Fall sind sie recht überzeugend und entlarven einen Mörder, meinen Sie nicht auch? Sie kommen mit mir, Mister Brewer! Den Haftbefehl habe ich gleich mitgebracht."

# DER LEGIONÄR

Heinz Ludwig schaute sich um. Die Straße war verlassen.

Rasch sprang er über den Zaun und schlich auf das Haus zu.

Der Wirtschaftsprüfer Erik Jansen wohnte sehr zurückgezogen. Aber Ludwig wusste, dass das Grundstück von Alarmanlagen gesichert war.

Er zog den Plan aus der Tasche und schaute noch einmal nach.

An der Wand des Hauses hing ein Kasten, der aussah wie ein normaler Telefonanschluss. Aber Ludwig wusste, wie er dort die Alarmanlage ausschalten konnte.

Er schraubte den Kasten auf und schnitt von dem dicken Kabelbündel zwei Drähte durch.

Das war geschafft.

Er stieg durch das Küchenfenster ein. Vorher zog er sich noch die Strumpfmaske über.

Nur aus dem Arbeitszimmer kam noch Licht.

Leise öffnete Ludwig die Tür.

Jansen saß am Schreibtisch.

Er bemerkte nicht, dass jemand ins Zimmer gekommen war. Ludwig nahm den Totschläger und schlug zu.

Dann arrangierte er alles so, dass es aussehen musste, als sei der Papierkorb von einer Zigarette in Brand geraten, zündete ihn an, warf den Plan der Alarmanlage dazu und verschwand.

*

Ludwig war zufrieden. Dieser Kerl würde ihm nicht mehr gefährlich werden. Er hätte sich besser nicht mit ihm angelegt.

Mit ihm, dem ehemaligen Legionär.

Er wusste, wie man solche Probleme regelt. Jansen würde bedauerlicherweise beim Brand seines Hauses umkommen.

Und Ludwigs verwickelten Italiengeschäften konnte er nicht mehr nachspionieren.

*

„Wir hatten Glück, dass das Feuer so schnell bemerkt wurde." Der Feuerwehrmann führte Kommissar Braun ins Arbeitszimmer.

„Wir konnten ziemlich schnell löschen. Nur dem hier war nicht mehr zu helfen." Er deutete auf Jansens Leiche.

Der Arzt packte seine Tasche und meinte: „Er war schon vorher tot."

Braun besah sich nachdenklich das rußgeschwärzte Zimmer. Dann bückte er sich nach einem Stück Papier.

Er betrachtete es stirnrunzelnd, als sein Assistent Rößler eintrat.

„Die Alarmanlage ist geknackt worden, und zwar von einem, der genau wusste, wie's geht."

Braun hielt ihm das Papier hin. „Das hat ihm geholfen. Eine genaue Bedienungsanleitung für die Alarmanlage. Auf italienisch."

„Das heißt wohl ein Italiener?"

„Nicht unbedingt. Auf jeden Fall hatte jemand etwas gegen Jansen. Jemand, der viel zu verlieren hat und gut italienisch spricht."

*

„Ich kann's einfach nicht glauben", schluchzte Inge Jansen, die Schwester des Toten.

„Frau Jansen, wissen Sie vielleicht, wem Ihr Bruder hätte gefährlich werden können?"

„Ich weiß nicht. Er hat nicht viel von seiner Arbeit erzählt. Nur von einer großen Sache, der er auf der Spur sei."

„Hat er vielleicht Namen genannt?"

„Namen? Nein, das machte er fast nie."

Braun kramte auf seinem Schreibtisch. „Es sind nicht alle Unterlagen bei dem Brand vernichtet worden. Hier ist zum Beispiel eine Liste mit Namen. Ich lese sie einmal vor, und Sie sagen mir, wenn Sie einen kennen."

Er fing an vorzulesen, doch Inge Jansen schüttelte immer wieder den Kopf.

\*

Die Ermittlungen gingen nur schleppend voran. Rößler befasste sich mit der Alarmanlage und konnte einen Tag später ein Ergebnis liefern. „Also, es ist ein italienisches Fabrikat. Die Betriebsanleitung gibt es nur auf Italienisch."

„Das hilft uns nicht viel weiter." Braun zuckte die Achseln.

„Aber das hier vielleicht: Vor zwei Wochen ist in der Werkstatt des Importeurs eingebrochen worden, gestohlen wurde aber nichts." Braun griff nach dem Plan. Es war eine Fotokopie.

„Aha, dann hat der Einbrecher den Plan fotokopiert. Aber wer?" Er suchte wieder auf der Liste der Namen.

*

Am nächsten Tag nahmen sie sich alle vor. Aber es gab keinen konkreten Verdacht gegen einen von ihnen.

Am Abend bekam Braun einen Anruf von Inge Jansen. „Herr Kommissar, mir ist da was eingefallen. Mein Bruder hat doch einmal einen Namen erwähnt. Er sagte etwas von Schiebereien mit italienischen Luxuswagen und einen Namen: Heinz Ludwig." Nachdenklich legte Braun den Hörer auf, dann rief er nach Rößler. Kurze Zeit später hatten die beiden eine umfangreiche Akte vor sich liegen.

Über Heinz Ludwig war einiges bekannt, aber er war noch nie verurteilt worden.

Braun beschloss, ihn aufzusuchen.

*

„Nun, Herr Ludwig, wie gehen die Geschäfte? Alles klar in Italien?", begrüßte Braun den Mann.

Aber Ludwig war viel zu gerissen, um sich mit solchen Tricks ins Bockshorn jagen zu lassen.

„Italien? Ich habe keine Geschäfte in Italien."

Er bat Braun, Platz zu nehmen. „Kann ich sonst noch etwas für Sie tun?"

Braun reichte Ludwig einen Umschlag. „Ich glaube, Sie haben vor ein paar Tagen etwas vergessen."

Ludwig öffnete das Kuvert und hielt die angesengte Bedienungsanleitung für die Alarmanlage in der Hand. Er wurde blass, fasste sich aber schnell wieder.

„Was ist das?", fragte er leichthin. „Das soll mir gehören?"

„Lesen Sie es doch selbst", forderte Braun ihn auf.

Ludwig warf ihm den Umschlag zu. „Das würde ich gerne tun, nur: ich kann leider kein Französisch."

„Das ist Italienisch."

„Und das schon gar nicht."

*

Rößler hatte vor dem Haus gewartet.

„Das ist er", sagte Braun. „Ein ganz glatter Hund und Lügner, aber das ist er. Wenn ich nur wüsste, wie ich ihn bekommen kann."

Die beiden gingen ein Stück die Straße entlang, als Inge Jansen plötzlich auf sie zustürzte.

„Ich habe die Adresse von Ludwig herausgesucht und habe ihn beobachtet. Ich bin ganz sicher, das ist der Mörder."

Braun schaute sie interessiert an. „Das denke ich auch. Aber das muss ich ihm beweisen."

Er erzählte, wie das Gespräch verlaufen war. Inge Jansen hörte aufmerksam zu.

Dann meinte sie: „Egal, wie raffiniert er ist, eben hat er einen Fehler gemacht. Und ich weiß schon, wie wir ihn damit bekommen können." Sie erläuterte Braun und Rößler ihren Plan.

*

Heinz Ludwig kam die ganze Sache etwas seltsam vor. Seit dem Besuch des Kommissars vor drei Tagen hatte er nichts mehr gehört.

Trotzdem wagte er erst einmal eine Weile nicht, geschäftlich tätig zu werden.

Wahrscheinlich würden sie ihn doch noch beobachten.

Es klingelte.

„Ein Paket für Herrn Ludwig."

Er nahm das Päckchen mit ins Wohnzimmer.

„Was kann das sein", dachte er, während er es auspackte.

Auf einer kleinen Schachtel lag ein Umschlag. Ludwig öffnete ihn und wurde blass.

Er ließ ihn fallen und rannte wie besessen zur Tür.

Er riss sie auf, wollte davonlaufen, aber er stieß mit Kommissar Braun zusammen.

„Guten Tag, Herr Ludwig, ich hätte noch ein paar Fragen an Sie." Ludwig schaute gehetzt zurück zum Haus, dann den Kommissar an, der es scheinbar nicht bemerkte.

„Kommen Sie, gehen wir doch ins Haus." Braun nahm Ludwig am Arm und zog ihn Richtung Tür. „Aber… nein, nicht hinein, schnell weg hier."

Ludwig riss sich los und rannte davon. „Gleich geht hier 'ne Bombe hoch!", schrie er noch zurück.

Am Gartentor lief er zwei Polizisten in den Arm.

Ehe er sich recht versah hatte er Handschellen an. Total verwirrt schaute er sich um und sah, wie Kommissar Braun herankam, das Päckchen in der Hand.

Braun winkte Inge Jansen, die im Wagen gewartet hatte.

„Ja, mein lieber Ludwig. Dieser jungen Dame haben Sie das alles zu verdanken." Er gab Inge Jansen das Päckchen. „Ich kann nicht italienisch. Könnten Sie mir vielleicht übersetzen, was Sie geschrieben haben?"

Sie nahm die Karte. „Du hast meinen Bruder umgebracht. Die Polizei kann es nicht beweisen, aber ich weiß es. In diesem Päckchen ist eine Bombe, die explodieren wird, sobald Du diesen Brief gelesen hast."

„Sie hätten doch beim Lügen etwas besser aufpassen müssen. Dafür, dass Sie kein Italienisch können, haben Sie hervorragend reagiert."

# DIE SÜNDEN DER NACHT

Der Tote lag in einem Gebüsch direkt neben dem Eingang des Hochhauses.

Kommissar Grüner schaute auf die Uhr.

Es war halb drei morgens. Er winkte einen uniformierten Polizisten herbei.

„Also, nochmal ganz kurz. Das dritte Revier hat um zwei Uhr zehn einen Anruf bekommen?"

„Genau." Der junge Beamte nickte. „Vor dem Haus hier würde jemand liegen. Wir sind dann gleich hingefahren, haben auch gleich den Notarzt gerufen, aber da war nichts mehr zu machen. Schädel eingeschlagen, wohl mit einer Eisenstange."

Grüner schaute sich um.

Fast alle Fenster des Hochhauses waren erleuchtet.

Überall lehnten sich Neugierige heraus und auch vor dem Eingang drängte sich eine Menschenmenge.

„Der Mann hier kann uns vielleicht weiterhelfen."

Otto Colmar, Grüners Assistent, kam mit einem älteren Herrn, der einen Morgenmantel trug, heran. „Er war es, der angerufen hat."

Der alte Herr nickte. „Also, wissen Sie, ich schlafe schlecht und heute bin ich auch immer wieder aufgewacht. Ich schau' gerade auf die Uhr, es war kurz nach zwei, da höre ich ein Stöhnen. Ich sehe raus, und da liegt der Herr Brecht gerade vor meinem Schlafzimmerfenster. Da hab ich gleich die Polizei benachrichtigt."

Grüner hatte mitgeschrieben. „Sie kennen den Mann also?"

„Klar, der wohnt im vierten Stock, der Herr Brecht."

„Und sonst haben Sie nichts gesehen oder gehört?"

„Naja, so kurz vorher hab' ich ein paar Stimmen gehört, von zwei Männern. Aber nichts Besonderes."

„Gut. Vielen Dank erst einmal."

Grüner durchsuchte die Taschen Brechts und fand schnell die Schlüssel. Zusammen mit Colmar ging er in die Wohnung.

*

Es war eine ganz normale Zweizimmerwohnung. Die beiden fanden nichts Auffälliges.

„Wir müssen uns unter den anderen Mietern umhören", sagte Grüner gerade, als das Telefon klingelte.

Die beiden Polizisten schauten sich an.

„Um diese Zeit?" Colmar sah auf die Uhr.

Das Telefon klingelte weiter.

Grüner nahm ab. Er meldete sich mit „Ja?"

Colmar stellte sich daneben, um mitzuhören.

„Mensch, Horst, wo bleibst du denn?" Die Frau am anderen Ende war erleichtert und verärgert zugleich. „Ich warte schon seit einer halben Stunde auf dich!"

Sie stockte. „Hallo?"

„Ja?" Grüner lauschte gespannt.

„Horst?" Die Frau war verwirrt.

„Wer sind denn Sie?", fragte Grüner zurück. „Wen wollen Sie sprechen?"

„Horst. Horst Brecht. Hab' ich mich vielleicht verwählt? Das tut mir wirklich leid..."

„Nein, nein", unterbrach Grüner sie. „Das ist hier schon die Wohnung von Herrn Brecht."

„Ja, wo ist denn Horst? Wer sind denn Sie überhaupt?"

„Hier ist die Polizei. Herr Brecht ist erschlagen worden. Würden Sie mir jetzt bitte sagen, wer Sie sind?" Er lauschte noch einen Augenblick, zuckte dann die Achseln. „Aufgelegt."

„Das ist ja interessant", meinte Colmar. „Sieht so aus, als ob der Brecht zu einem Rendezvous unterwegs war."

„Und irgendwer ist ihm da in die Quere gekommen. Ob das wohl etwas miteinander zu tun hat?"

Grüner kratzte sich nachdenklich am Kopf. „Raubmord war es jedenfalls nicht. Der Brecht hatte noch alles bei sich. Wir müssen rauskriegen, wer die Frau ist. Dann sehen wir weiter."

Colmar machte sich daran, die Wohnung gründlich zu durchsuchen.

„Vielleicht hat er irgendwo die Adresse oder die Telefonnummer von der Frau", meinte Grüner.

Obwohl sich beide sehr anstrengten, fanden sie nicht den geringsten Hinweis auf die Unbekannte. Keine Adresse, kein Foto, keinen Brief, nichts.

Es war schon gegen sechs Uhr früh, als sie erst einmal aufgaben.

„Gehen wir Kaffeetrinken. Dann werden wir jeden Mieter hier einzeln besuchen. Irgendwer wird schon was wissen", meinte Grüner

\*

Nachdem die beiden auf der nahegelegenen Wache eine Tasse Kaffee getrunken hatten, fingen sie an, an einer Tür nach der anderen zu klingeln. Die Leute waren alle sehr hilfsbereit und auch auskunftsfreudig, doch es war, wie es in solchen Hochhäusern eben üblich war: Keiner wusste wirklich etwas über den anderen.

Es war nur bekannt, dass Brecht häufig erst gegen zwei Uhr nachts das Haus verließ.

Manche hatten ihn auch schon am frühen Morgen nach Hause kommen sehen.

Im sechsten Stock öffnete ein verschlafen aussehender Mann die Tür.

Thomas Aust war gerade erst von der Nachtschicht gekommen und hatte noch nichts von Brechts Tod erfahren.

Es stellte sich heraus, dass er der einzige Freund gewesen war, den Brecht im Haus gehabt hatte.

Nachdem sich seine Erschütterung etwas gelegt hatte, erzählte er alles, was er wusste.

„Das hätte ich natürlich nie einem gesagt, wenn Horst noch leben würde", begann er. „Er hatte was mit einer verheirateten Frau. Das war bestimmt die, die angerufen hat. Der Mann von ihr ist Fernfahrer, der ist die Woche über in der Nacht so gut wie nie da. Horst ist dann immer zu ihr gegangen und erst am Morgen wieder verschwunden."

Aust kannte auch den Namen der Frau, Erika Toller.

Nur die Adresse wusste er nicht.

Doch die herauszufinden war für die Polizei reine Routinesache.

*

60

Gegen zehn Uhr morgens klingelte Grüner bei ihr an der Tür. Erika Toller war anzusehen, dass sie die Nacht wenig geschlafen hatte.

„Ja, bitte?"

„Frau Toller, wir sind von der Kriminalpolizei. Wir haben einige Fragen über Ihr Verhältnis zu Horst Brecht."

Sie ließ die beiden eintreten und führte sie ins Wohnzimmer. „Ich habe eigentlich schon auf Sie gewartet. Bitte seien Sie leise, mein Mann schläft. Muss er das alles erfahren?" „Vielleicht lässt sich das vermeiden." Grüner versuchte, die Frau zu beruhigen.

Erika Toller erzählte alles.

Vor einem Vierteljahr hatte sie Brecht kennengelernt. Sie hatten sich ineinander verliebt. Ihr Mann hatte nicht geahnt, dass Brecht die Nächte bei ihr verbrachte, während er auf der Autobahn unterwegs war.

„Ich weiß nicht, wer das getan haben kann. Er war ein so lieber Mensch. Alle mochten ihn." Sie brach in Tränen aus.

Grüner und Colmar sahen sich an. „Frau Toller, es lässt sich wohl doch nicht vermeiden, dass wir Ihren Mann dazu vernehmen. Würden Sie ihn bitte wecken?"

*

Ernst Toller war erschüttert. „Bitte sag, dass das alles gelogen ist", flehte er seine Frau an, doch die schaute nur zu Boden. „Herr Toller, wir müssen Sie trotzdem nach Ihrem Alibi fragen. Wo waren Sie heute Morgen um zwei?"

„Alibi, wieso? Bitte, ich war unterwegs, um zwei, da war ich 300 Kilometer von hier weg." Colmar notierte sich die Angaben, als es klingelte.

Erika Toller ging öffnen.

Erstaunt hörten die Beamten, was geredet wurde. „Frau Erika Toller? Wir müssen Ihnen leider sagen, dass der LKW Ihres Mannes einen Unfall hatte. Er ist dabei ums Leben gekommen."

„Für einen Toten sind Sie aber ganz schön lebendig", sagte Grüner.

*

Ernst Toller gestand. Letzte Woche hatte es einen Streik gegeben. „Es gab keine Zeitungen. Ich bin schon um drei wieder da gewesen. Als ich in die Wohnung komme, hör' ich Lachen aus dem Schlafzimmer. Ich schleiche mich an die Tür, da liegt sie mit dem Kerl im Bett..."

Toller hatte sich nicht sofort auf ihn gestürzt. Er hatte vor dem Haus bis zum Morgen gewartet und den anderen dann verfolgt.

In der nächsten Woche hatte er einen Kumpel gebeten, einmal für ihn die Tour zu fahren.

„Das hätte keiner gemerkt, weil die Zeitungen zum Aufladen bereitstehen, ohne dass jemand dabei ist. Abgeladen wird an den Kiosken. Die haben so früh noch nicht auf. Keiner sieht einen", erklärte er.

Während sein Freund ihm so ein Alibi verschaffte, wartete Toller vor dem Hochhaus und erschlug Brecht mit einer Eisenstange.

„Dann bin ich nach Hause gegangen."

Grüner sagte ernst: „Beinahe hätte es geklappt. Sie haben nur eins vergessen: Auf unseren Straßen lebt es sich gefährlich."

# FROHE OSTERN

Mr. Coolidge, da ist ein Päckchen für Sie",
sagte Elsa Blooming, die Sekretärin.

„Von Willy & Co."

Coolidge streckte die Hand aus: „Geben
Sie's her."

Achtlos riss er das Papier auf, warf einen
Blick auf den Karton und verzog angewi-
dert das Gesicht.

„Warum verschicken die zu Ostern immer diese Nougateier." Er hielt die Ge-
schenkpackung hoch, damit Elsa sie sehen
konnte, und erhob sich.

„Ich gehe zur Bank. Bin bald zurück."

Roy Coolidge war Geschäftsmann, doch
er beschäftigte sich nur vordergründig mit
Börsentransaktionen. In Wirklichkeit verdiente er sein Geld mit etwas brisanteren
Geschäften: Heroinhandel.

Er machte sich auf den Weg zur nächsten Telefonzelle. Seit einiger Zeit wurde er
von der Polizei überwacht. Deshalb telefo-
nierte er nicht vom Büro aus.

„Hallo, Kent? Pass auf, die Eier sind da. Du kannst sie heute Nachmittag abholen, so um zwei?"

„Okay", sagte Kent Gardener nur.

Er war kein Mann großer Worte, aber dafür ein zuverlässigerer Bote.

*

Pünktlich um zwei kam Kent. Den Leuten im Büro war er als ein Freund von Coolidge bekannt.

Als er diesmal nach einiger Zeit wieder los wollte, rief ihn Coolidge noch einmal zurück und sagte so laut, dass jeder es hören konnte: „Du magst doch Schokolade? Ich hab' hier ein paar Nougateier als Ostergeschenk bekommen. Nimm sie mit."

Kent bedankte sich mit einem Kopfnicken.

Unauffällig hatte er so ein halbes Kilo reines Heroin übernommen.

Kent war trotzdem vorsichtig.

Er fuhr auf weiten Umwegen zum Treffpunkt Schrottplatz. Dario Venellas blütenweißer Cadillac war schon da.

Er stellte seinen Wagen daneben und stieg aus.

Venella war genauso sauber wie sein Auto. Er rümpfte die Nase über die Umgebung und wischte an seinem weißen Jackett herum.

„Schokolade, das gibt Flecken", sagte er, als er die Eier übernahm.

Er nahm eins aus der Packung, zog ein Messer und schlitzte es vorsichtig auf.

Dann starrte er abwechselnd das Schokoladenei und Kent an. „Willst du mich etwa auf den Arm nehmen?"

„Wieso? Was ist denn?"

„Das ist!" Wütend stach Venella auf die anderen Eier im Karton ein. „Schokolade. Nichts als Schokolade. Wo ist der Stoff?"

Fassungslos betrachtete Kent die geöffneten Eier. Nur brauner Nougat floss aus ihnen heraus.

*

Coolidge war ein sehr beherrschter Mann, sonst hätte er es in der Branche auch nicht so weit gebracht.

Er ließ Kent zuerst die schalldichte Doppeltür schließen, bevor er laut losbrüllte. „Was soll das heißen, der Stoff ist weg?"

„Was ich sage, Boss. Kein heißer Stoff in lila Eiern. Drin war genau das, was auf der Packung stand, nämlich Nougat. Und sonst nichts."

Coolidge ging erregt im Zimmer auf und ab. „Willy würde sich das nie trauen. Nie. Der Stoff war drin. Ganz sicher. Die Eier kommen hier an. Du hast das Zeug auch nicht genommen, dazu bist du nicht raffiniert genug. Also kann es nur hier weggekommen sein."

Er ging zur Sprechanlage und rief Elsa herein. „Als ich heute Mittag für zwei Stunden weg war, war da jemand in meinem Büro?"

„Es tut mir schrecklich leid, Mr. Coolidge", sprudelte Elsa verlegen hervor. „Ich war in Ihrem Büro, weil Leute von der Wohlfahrt da waren, um für Ostern zu sammeln wie jedes Jahr. Und da habe ich gedacht, weil Sie doch keine Schokolade mögen, da könnte ich ihnen die Eier geben. Für die armen Kinder..."

Coolidge stand wie vom Donner gerührt. „Und da gaben Sie ihnen die Nougateier aus dem Büro?!"

„Ja, Sir. Ich weiß, das war vielleicht nicht recht von mir."

„Aber wieso haben später denn wieder welche hier gelegen? Die, die ich Mr. Gardener gegeben habe?"

„Ich dachte, es sei vielleicht doch nicht recht gewesen, deshalb habe ich in der Mittagspause in der Stadt eine andere Packung gekauft, die genauso aussah."

„Das darf doch nicht wahr sein!", flüsterte Coolidge.

„War das denn so schlimm?", fragte Elsa eingeschüchtert. Mühsam beherrschte sich Coolidge.

„Gehen Sie bitte wieder an Ihre Arbeit."

„Diese blöde Ziege", brüllte er erst, als Elsa draußen war.

„Und jetzt?", fragte Kent.

„Wir müssen diese lila Eier finden", fuhr ihn Coolidge an. „Los, ans Telefon!"

*

Die Dame von der Wohlfahrt war die Freundlichkeit selbst. „Sie wollen wissen, was wir mit den Sachen machen, die wir bekommen? Tja, die geben wir an die Waisenhäuser weiter." Sie kicherte. „Und manchmal an die Altersheime. Das ist auch schon geschehen. Sie haben Glück; dass Sie mich heute überhaupt noch hier antreffen. Hier ist eigentlich schon längst Feierabend. Ich kann Ihnen da nicht weiterhelfen."

„Können Sie mir wenigstens sagen, welche Kinderheime von Ihnen beliefert wurden?"

Coolidge musste sich sehr beherrschen. „Ja, das könnte ich schon. Einen Augenblick bitte."

Nach einer Weile kam sie wieder an den Apparat und gab Coolidge eine Liste von zwölf Heimen durch.

Er stöhnte auf.

Aber es half nichts.

Sie mussten hin, auf die vage Hoffnung, die Eier doch noch zu erwischen. Nicht nur wegen des Stoffes an sich.

Wenn eines der Kinder so ein Ei aufbiss und nur weißes Pulver herauskäme, würde sich sehr schnell auch die Polizei dafür interessieren.

Und der Weg dieser ungewöhnlichen Gabe wäre sicher zurückzuverfolgen.

*

„Sie haben vielleicht Vorstellungen, woher soll ich wissen, was für Eier wir für die Kinder bekommen haben? Aber wenn es so dringend ist, bitte, kommen Sie, wir können ja einmal nachschauen."

Es war inzwischen das elfte Kinderheim.

Alle anderen vorher waren Fehlanzeige gewesen. Aber Coolidge und Kent würden nicht aufgeben. Jedenfalls nicht, bis sie wenigstens sicher wussten, dass der Stoff nicht in einem Waisenhaus gelandet war.

Sie hatten immer eine andere Ausrede gebraucht, doch die waren nun auch erschöpft.

So blieben sie dabei, dass sie vom Gesundheitsamt waren und den Hinweis hatten, dass verdorbene Schokoladen-Eier weitergegeben worden waren.

Der Mann führte sie in einen kleinen Raum, in dem Osternester für den nächsten Tag vorbereitet waren.

Ein kurzer Blick zeigte Coolidge, dass seine nicht darunter waren.

*

„Also los, zum letzten Kinderheim."

„Und wenn da wieder nichts ist?" Kent wagte es nicht, seinen Boss anzuschauen. „Dann sind anderthalb Millionen Dollar im Eimer."

Es war dunkel geworden, als Coolidges Wagen vor dem zwölften Waisenhaus hielt.

Es lag etwas außerhalb in einem großen Park und war in einer alten Villa untergebracht.

Coolidge sagte der jungen Erzieherin seinen Spruch auf.

„Oh, das ist aber ärgerlich. Wie sagten Sie, sehen die Eier aus?"

„Groß und lila", antwortete Coolidge müde."

„Oh, solche haben wir bekommen."

Coolidge war mit einem Schlag wieder hellwach. „Dann geben Sie die nur schnell her."

Die junge Frau biss sich verlegen auf die Lippen und schüttelte den Kopf.

„Das geht leider nicht. Wir haben schon alles für morgen im Park versteckt. Damit die Kinder gleich in der Frühe die Eier suchen können."

Coolidge unterdrückte einen Fluch. Er bebte innerlich vor Zorn.

„Wissen Sie was?", sagte da die Erzieherin. „Wir werden morgen die Kinder warnen, bevor wir sie in den Garten lassen. Wir werden ihnen sagen, dass sie die lila Eier nicht essen sollen. Dann kann gar nichts passieren. Ist das gut so?" Coolidge nickte ergeben, dann verabschiedete er sich.

*

„Sei leise", fuhr Coolidge Kent an, als der auf einen Ast trat.

Die beiden waren über den Zaun gestiegen und näherten sich vorsichtig dem Haus.

Jeder trug eine Taschenlampe.

„Du gehst nach links, ich nach rechts", wies Coolidge Kent ein.

Kent kicherte unpassend. „Das hab' ich seit zwanzig Jahren nicht mehr gemacht. Ostereier gesucht."

„Ach, halt den Mund!"

Coolidge bückte sich neben einem Strauch und bog die Blätter zur Seite. Es dauerte nicht lange, da hatte er etwas gefunden.

Aber es war nur ein buntbemaltes Ei.

So ging es eine ganze Weile. Bald wurde es Coolidge zu mühsam, sich immer wieder zu bücken, und er kroch auf den Knien herum.

Sie waren schon fast eine Stunde beschäftigt, als Coolidge einen halblauten Ruf hörte.

„He, Boss, ich hab' eins!" Kent kam herübergeeilt.

Er riss das lila Stanniolpapier ab und brach das Ei auseinander.

Tatsächlich: Ein kleiner Beutel mit weißem Pulver kam zum Vorschein.

„Los, weiter." Coolidge atmete auf. „Hier sind wir richtig."

Drei Stunden später waren beide total erschöpft und verdreckt. Aber sie hatten alle Eier gefunden.

„Mann, war das eine Arbeit", stöhnte Coolidge.

„Das kann man wohl sagen!", tönte da eine Stimme aus dem Dunkel.

„Wirklich nett, dass ihr sie uns abgenommen habt!"

Lichter flammten auf und Coolidge und Kent blinzelten nur noch in Scheinwerfer.

Als sie wieder sehen konnten, erkannten sie einen kleinen Mann in einem hellen Mantel.

Coolidge stöhnte.

Das war Inspector Abrams vom Rauschgiftdezernat.

„Wir hätte euch auch gleich festnehmen können!", lachte er. „Aber so war es doch viel schöner. Übrigens, hinter den Trick mit den lila Eiern wäre wir nie gekommen, wenn Sie bei der Wohlfahrt deshalb nicht so einen Aufstand gemacht hätten", fuhr er fort. „Die Dame dort hat uns angerufen, weil ihr Ihr Verhalten verdächtig vorkam. Da haben wir uns einfach an Ihre Fersen geheftet und wir hatten Erfolg."

Inspector Abrams bückte sich und hob ein Schokoladenei auf. „Ihr solltet euch wirklich schämen. Kleinen Kinder die Ostereier zu stehlen!"

# EIN TÖDLICHER PLAN

Otto Wilhelm faltete verärgert die Zeitung zusammen. „Mist", murmelte er.

„Schatz, was ist denn?" Ulrike schaute von ihrem Buch auf. Sie saß wie jeden Abend in ihrem großen Sessel vor dem Kamin.

„Nichts von Bedeutung." Wilhelm warf nur einen kurzen Blick zu seiner Frau hinüber.

Schon bereute er seinen Ausbruch, denn er ahnte, was nun gleich passieren musste.

„Otto", kam die Stimme von der anderen Seite des Kamins. „Ich glaube nicht, dass es gut für das Kind ist, wenn du in seiner Gegenwart fluchst. Das solltest du eigentlich wissen."

„Gewiss, Mama. Entschuldige bitte." Otto Wilhelm brachte es unter Aufbietung aller Kräfte fertig, seine Schwiegermutter anzulächeln.

Henriette Überreutter schüttelte noch einmal missbilligend den Kopf und fuhr dann fort, ihrer Enkelin Conni vorzulesen.

Otto kochte innerlich.

Diese verdammte, alte Hexe. Überall hatte sie ihre Ohren, in alles musste sie sich einmischen.

Ständig war sie am Herumnörgeln.

Otto nahm wieder die Zeitung auf und fuhr fort, die Aktienkurse zu studieren. Er unterdrückte einen weiteren Fluch.

Es war einfach nicht zu glauben. General Petrol fiel weiter. Um ganze dreißig Punkte war der verdammte Kurs gestern eingebrochen.

Was sollte er nur machen?

Was half es ihm nun, dass das Ganze ein sicherer Tipp gewesen war, hundertprozentig sicher? Das Geld war fort, wenn nicht noch ein Wunder geschah.

Aber wo sollte das herkommen?

Leise und beherrscht faltete er die Finanzzeitung zusammen und legte sie auf den Stapel.

Die Lesung am Kamin war zu Ende. Otto erhob sich.

„Ich bringe jetzt die Kleine ins Bett", sagte er und ging zu seiner Tochter hinüber.

„Wie schön, dass du dich auch einmal um dein Kind kümmerst. Ich dachte schon, du hättest vergessen, dass du eine Tochter hast." Henriette schaute ihren Schwiegersohn streng an und klappte das Märchenbuch zu.

Otto verkniff sich eine scharfe Antwort.

*

„Ja, Otto, das tut mir echt leid, aber da steckt man nicht drin. Was glaubst du, was ich selbst verloren habe." Christoph Weber zuckte bedauernd die Achseln.

Er war Otto Wilhelms Berater.

Nicht offiziell, aber er versorgte ihn mit Geheimtipps für gute Investitionen.

Oft brachten seine Hinweise wirklich einen bescheidenen Gewinn.

Aber diesmal...

Diesmal hatte er voll danebengehauen.

„Also, ich verstehe das nicht. Es hat doch alles gestimmt, ich habe eben rechtzeitig gewusst, dass General Petrol in der Nordsee auf Öl gestoßen ist. Die Aktien sind ja wirklich um hundert Punkte gestiegen."

„Klar, sicher", warf Otto wütend ein. „Und das war der Zeitpunkt, als ich verkaufen wollte. Eine halbe Million hätte ich gemacht, mindestens. Aber du sagtest, behalten, die steigen noch weiter. Und, jetzt?" Er warf wütend die Zeitung auf den Tisch.

„Kann ich denn ahnen, dass denen ihre blöde Ölplattform um die Ohren fliegt?" Weber rang sich ein gequältes Lächeln ab, dann rückte er näher heran und senkte die Stimme. „Jetzt pass mal auf, ich habe da was. Wahrscheinlich können wir trotzdem noch·davon profitieren. Wenn du jetzt Petrol Insurance kaufst, dann kannst du den Schnitt machen. Ich habe sichere Informationen, dass die Plattform bei denen versichert war. Deshalb fallen die Kurse von ihnen jetzt. Aber, pass auf, die müssen nicht zahlen, weil die Plattform..."

„Raus jetzt!", brüllte Otto und warf mit der Zeitung nach Weber.

„Wegen den paar Mark so ein Aufstand." Weber zuckte die Schultern, als er auf dem Flur stand.

Mit dem Kerl konnte man einfach keine Geschäfte machen. Er hatte keine Nerven.

\*

In seinem Büro saß Otto am Tisch und stützte den Kopf in die Hände. Eine Katastrophe war das.

Da saß er, Geschäftsführer von Überreutter Chemie und hatte keinen Pfennig mehr.

Viel schlimmer noch, er hatte das ganze Geld, das auf dem Treuhandkonto seiner Tochter gewesen war, in diese Spekulation gesteckt.

Und wer war Schuld an allem?

Diese verfluchte Alte! Geizig bis zum Gehtnichtmehr.

Keinen Pfennig rückte sie raus. Dass er Geschäftsführer in ihrer Firma werden durfte, war schon eine besondere Gnade.

Sie war gegen Ulrikes Heirat mit ihm gewesen. Nun ja, es stimmte schon, er hatte auch nicht unbedingt heiraten wollen, sondern in erster Linie das Geld gesehen.

Aber an das kam er einfach nicht heran.

Seit zehn Jahren wartete er nun darauf, dass die Alte endlich das Zeitliche segnen würde, aber nichts passierte.

Sie war kerngesund und zäh.

Wütend trommelte Otto mit den Fäusten auf den Tisch, bis die Hände schmerzten.

Eine ohnmächtige Ratlosigkeit erfüllte ihn.

*

Als er nach Hause kam, schaute er wie jeden Abend erst ins Wohnzimmer.

Henriette saß in ihrem Sessel und stopfte Strümpfe.

Wie immer.

Das war auch etwas; worüber er sich aufregte. Nichts wurde in diesem Haus angeschafft und nichts weggeworfen.

,Das kann man noch einmal stopfen', war die Standardfloskel, die er immer wieder zu hören bekam.

Otto beobachtete, wie Henriette sorgfältig den Faden im Mund befeuchtete und versuchte einzufädeln.

Nach ein paar Versuchen gelang es ihr dann.

,Sieht nichts mehr, die Hexe', dachte er. Wenigstens ein Alterszeichen, aber trotzdem, von Krankheit keine Spur.

*

Am nächsten Tag lief Otto in Panik in seinem Büro hin und Her.

Jetzt war alles aus.

Am Vorabend hatte die Alte angekündigt, sie wolle Connis Treuhandkonto zu einer anderen Bank transferieren, wo es mehr Zinsen gab.

Otto sollte das innerhalb einer Woche erledigen und ihr dann die Unterlagen mitbringen.

Das war das Ende.

Wo sollte er so viel Geld auftreiben?

Er hatte absolut nichts mehr.

Auch mit den Firmenkonten konnte er nichts arrangieren. Jetzt musste er sich etwas überlegen und zwar rasch.

‚Die Alte soll vorher der Schlag treffen', dachte er. Aber da bestand kaum eine Aussicht.

Oder?

Warum eigentlich nicht? Sie war jetzt über siebzig, der Arzt würde wohl keine Schwierigkeiten machen; so etwas kam öfter vor, bei so alten Leuten.

Schlaganfall.

Oder Herzinfarkt.

Aber wie? Im Geiste ging Otto alle Möglichkeiten durch.

Klar, ein Gift.

Eines, das alle Symptome eines Herzanfalls hervorruft. Das war hier aus den Labors zu besorgen, ohne dass jemand etwas merkte.

Otto als gelernter Chemiker wusste genau, was er brauchte.

Aber wie?

Wie konnte sie es von sich und ohne Zeugen, die Verdacht schöpfen würden, unauffällig einnehmen?

Plötzlich blieb er stehen.

Genau, das war die Lösung.

Genial.

Warum war ihm die Idee nicht viel früher gekommen?

*

In der Villa war alles still. Otto schlich leise die Treppe hinunter.

In der Hand hielt er das kleine Fläschchen.

Er machte kein Licht im Wohnzimmer.

Dort hinten in der Ecke da stand er, der große Nähkorb voller Socken und Wäsche.

Otto öffnete ihn leise.

Er schraubte das Fläschchen auf und tastete nach den Garnrollen.

Eine nach der anderen tauchte er in die wasserklare Flüssigkeit. Nach einer Weile war es geschafft.

Das Lösungsmittel würde schnell verdunsten, am Morgen wären die Garnrollen alle wieder trocken.

Otto schlich zurück, die Treppe hoch, verstaute das Fläschchen in der Tasche seiner Hose und schlüpfte ganz leise ins Bett.

Ulrike war während dieser Unternehmung nicht aufgewacht.

Otto malte sich den morgigen Tag aus.

Die Alte würde den Faden in den Mund nehmen und die winzige Menge Gift genügte.

Sie würde bei der Arbeit einen Herzinfarkt bekommen.

Genial!

Otto konnte nicht anders, er musste sich immer wieder selbst gratulieren wegen dieses tollen Einfalls.

Der perfekte Mord.

*

Otto war enttäuscht, als er am nächsten Abend die Haustür aufschloss.

Den ganzen Tag hatte er auf den Anruf mit der Hiobsbotschaft gewartet, aber nichts war passiert.

„Du kommst spät. Der Tisch ist schon gedeckt", empfing ihn Henriette an der Tür.

Otto murmelte eine Entschuldigung und ging ins Esszimmer.

‚Naja', dachte er. ‚Morgen ist auch noch ein Tag. Dann wird sie eben morgen wieder Socken stopfen.'

„Hast du heute schön gearbeitet?", fragte er beim Essen.

Henriette schaute ihn misstrauisch an.

Sonst interessierte er sich doch auch nicht für das, was sie tat. „Die Oma hat heute ganz viel gemacht und ich hab ihr geholfen, weil ich ihr was geschenkt habe", mischte sich Conni ein.

„So, was denn?", fragte Otto.

Henriette strich Conni übers Haar. „Meine liebe Kleine. Sie hat gesehen, dass ich nur noch schwer einfädeln kann. Da hat sie mir so einen Einfädler geschenkt, damit geht es ganz einfach. Du bist ein Schatz."

Sie streichelte ihre Enkelin.

„Wie dieses Kind an mich denkt. Das kann man leider nicht von jedem in diesem Haus sagen." Sie konnte es nicht lassen, so etwas hinzuzufügen.

Und Ulrike schwieg dazu, wie immer.

„So so, hm." Otto schob seinen Teller zurück und nahm die Serviette. „Das war wirklich aufmerksam von dir", sagte er zu seiner Tochter.

‚So ein Mist", dachte er dabei. „Was konnte er jetzt noch tun? Der schöne Plan war verdorben. Wie hätte er das auch ahnen können? Ein Nadeleinfädler!' Er wischte sich den Mund ab. „Und die Oma hat ganz viel gestopft", plapperte Conni weiter. Strümpfe und das Tischtuch und deine Serviette." Conni lachte. „Da waren solche Löcher drin."

„Meine Serviette?" Otto stockte und fuhr sich mit der Zunge über die Lippen.

Dann fühlte er einen Krampf in der Brust und fiel vornüber auf den Tisch.

# DER LETZTE COUP

„Boss?" Oswald Pilling stand in der Küchentür und schaute sich um.

Hinten in der Ecke sah er den Gesuchten, der gerade damit beschäftigt war, mit Hilfe eines Fleischklopfers aus kleinen Steaks große zu machen.

„Was gibt's?" Norbert Diel, Inhaber der Gaststätte ‚Bei Norbert', warf seinem Kumpanen nur einen kurzen Blick zu.

Pilling kam die wenigen Schritte herüber.

Er schaute sich nach eventuellen Lauschern um, dann raunte er Diel zu: „Es ist was durchgesickert. Die Leute reden."

„Das war zu erwarten. Bei jeder großen Sache kommt irgendwann der Punkt, an dem die Leute was wittern. Solange keiner genau weiß, worauf wir aus sind, kann uns nichts passieren, oder?"

Pilling nickte.

„Na also. Worüber machst du dir dann Sorgen? Geh jetzt wieder zu Dieter und hilf ihm."

Pilling nickte ergeben und verschwand.

Norbert Diel, Oswald Pilling und Dieter Opitz waren ein Klasseteam.

Bestens getarnt durch Diels Restaurant gingen sie nur dann auf Raubzug, wenn es sich wirklich lohnte.

Von der „Szene" hielt Diel sich fern; er blieb immer als Drahtzieher im Hintergrund.

Nur bei Einbrüchen war er selbst dabei, denn einen besseren Spezialisten für Alarmanlagen als ihn gab es wohl nicht.

Genau so wenig wie einen besseren Fahrer als Pilling und einen fähigeren Schweißer als Opitz.

Diel war zuversichtlich.

In fünf Tagen würden sie ihren letzten großen Coup starten.

Diamanten im Wert von fünf Millionen gab es zu holen. Danach könnten sie sich zur Ruhe setzen.

\*

„Manchmal glaube ich, die legen es drauf an, dass ihnen die Läden ausgeräumt werden."

Kommissar Maschke warf seinem Assistenten Lutz Reichhard einen verzweifelten Blick zu.

„Ja, da kommt nächste Woche einiges auf uns zu", sagte der. „Diese Diamantensache, dann drei Ausstellungseröffnungen. Das Gold der Römer. Picasso-Zeichnungen und die Dänischen Kronjuwelen", zählte er auf.

„Und jetzt redet die ganze Branche von einem Riesending, das laufen soll." Maschke blätterte in seinen Unterlagen. „Hat irgendeiner von deinen Informanten gesagt, wann die Sache steigen soll?"

„Alle reden von Dienstagnacht, Chef."

„Also übermorgen, hm. Alle infrage kommenden Objekte sind mit Alarmanlagen gesichert. Die Sachen liegen in hochwertigen Tresoren. Wir können nicht überall gleichzeitig sein."

Er schlug mit der flachen Hand auf den Tisch, wie immer, wenn er eine Entscheidung getroffen hatte.

„Egal. Auch wenn die Anwälte uns die Bude einrennen, wir machen es. Sag den Kollegen Bescheid. Sie sollen alle Spitzen-Schränker einsammeln. Wir werden schon

was finden, damit wir sie dabehalten können. Ohne Schweißer kein Bruch. Den
Dienstag werden wir schon überstehen.
Und Mittwoch wandert das meiste Zeug
sowieso weiter, dann sollen sich andere
drum kümmern."

*

„Was?" Diel ließ die Pfanne sinken und
starrte Pilling an. „Sag das noch mal."

„Sie haben Dieter abgeholt. Ich weiß
nicht, wieso, aber er ist im Bau gelandet."

„Das darf doch nicht wahr sein. Was hat
der Kerl denn nun wieder angestellt?"

„Nichts, da bin ich mir sicher. Aber was
kann das Ganze bloß bedeuten?"

Diel wanderte in der Küche auf und ab
und dachte scharf nach. „Keine Ahnung",
meinte er dann. „Ich weiß nur eines: Wir
haben auf diese Chance seit Jahren gewartet. Und wir werden sie uns nicht entgehen
lassen. Wir ziehen das Ding durch."

Pilling nickte. „Okay, du bist der Boss.
Lass dir was einfallen."

„Mach ich", entgegnete Diel, aber er
klang nicht sehr überzeugt.

*

Es war Montag und Dieter Opitz saß mit einigen seiner „Kollegen" noch immer im Gefängnis.

In der Stadt gab es praktisch keine Safeknacker mehr, was Juweliere und Galeriebesitzer hätte ruhiger schlafen lassen, hätten sie es gewusst.

Am Abend saßen Diel und Pilling in der Bar eines drittklassigen Hotels.

Pilling war ganz aufgeregt.

Er deutete auf einen kleinen, unauffälligen Mann, der weiter vorne an der Theke stand. „Das ist er", meinte er.

„Und du bist sicher, dass das Rathey ist? Der Wolfgang Rathey?", fragte Diel.

„Todsicher. Charly an der Rezeption hat es mir verraten. Er hat gesagt, wenn der gestern gekommen wäre, hätten die ihn bestimmt mit den anderen eingelocht. Da hätte er Glück gehabt. Ich frage, wieso? Da sagt Charly, dass das Rathey ist. Du weißt schon. Central Investment, London. Der Riesensafe."

„Ich erinnere mich", meinte Diel. „Sein Hehler hat ihn hochgehen lassen, und er hat fünfzehn Jahre bekommen. Gut, das wäre eine Lösung. Gehen wir mal rüber."

*

Eine halbe Stunde später waren sich die drei einig.

Rathey war anfangs sehr zurückhaltend und vorsichtig gewesen, aber die beiden hatten sein Misstrauen schnell überwinden können.

„Eine Bedingung nur noch", sagte Rathey dann. „Ich will sehen, was wir morgen ausräumen."

„Wozu denn? Wir bringen dich rein und auch wieder raus. Mehr brauchst du nicht zu wissen."

„Du vergisst, dass ich schon einmal aufs Kreuz gelegt worden bin", beharrte Rathey.

„Also schön", gab Diel nach. „Aber wir fahren nur ein oder zweimal vorbei. Ausgestiegen wird nicht. Und wenn du dann unser Ziel kennst, bleibst du die ganze Nacht bei uns. Keine Telefonanrufe, nichts, kein

Kontakt. Wir müssen nämlich genauso vorsichtig sein. Die Polizei ahnt schon was."

„Klar." Rathey nickte. „Ich habe gehört, dass die alle Schränker gegriffen haben. Wenn die wüssten, dass ihr dadurch den Besten bekommen habt, die würden sich schwarz ärgern." Er trank sein Glas aus.

Die beiden anderen nickten sich zu.

Das war der dritte Profi, den sie brauchten.

\*

Der Dienstag verlief wie gewöhnlich. Maschke und Reichhard hofften, dass er endlich vergehen würde.

In einem anderen Stadtteil warteten Rathey, Pilling und Diel auf den Abend.

Endlich war es dann so weit.

Pilling fuhr am Hinterausgang der Diamantenbörse vor, Rathey und Diel stiegen aus.

„Die Zeit läuft", sagte Diel und Pilling fuhr davon.

In genau einundvierzig Minuten würde er wieder hier stehen. Pünktlich.

Diel machte sich an die Alarmanlage, und Rathey pfiff anerkennend, als er sah, wie routiniert der andere die komplizierte Anlage außer Kraft setzte.

Unbemerkt drangen die beiden in das Gebäude ein.

Vor dem Tresorraum befand sich das zweite Hindernis, eine schallempfindliche Alarmvorrichtung.

Diel traten dicke Schweißtropfen auf die Stirn, doch es gelang ihm, auch diese Anlage innerhalb des Zeitplans zu entschärfen.

Rathey trat ein, Diel folgte ihm und blieb wie angewurzelt stehen.

„Einen schönen guten Abend", sagte Kommissar Maschke.

„So sieht man sich wieder, Herr Diel." Verwirrt schaute Diel sich in dem kleinen Raum um, der nun von Polizisten wimmelte.

Er verstand sofort, als er das Grinsen seines Komplizen sah.

„Du bist nicht Rathey!", rief er.

„Nein." Der Angesprochene schüttelte den Kopf. „Das merkst du aber etwas spät."

„Darf ich vorstellen", mischte sich Maschke ein. „Hauptkommissar Jörn Sehmolke. Der echte Rathey sitzt noch immer in London im Gefängnis."

„Aber wie, wie haben Sie... ?", stotterte Diel, noch immer fassungslos.

„Soll ich ihm die Geschichte erzählen?", fragte Maschkes Assistent Reichhard.

„Bitte. Du kannst das am besten."

„Also, zunächst haben wir alle Safeknacker der Spitzenklasse sichergestellt. Aber damit wäre uns ja nur kurze Zeit gedient gewesen. Wir wollten Sie. Endlich. Wir wussten, dass Sie nun dringend einen Spitzenmann brauchten. Also haben wir Ihnen einen besorgt. Unseren Kollegen hier!"

„Sie konnten doch unmöglich wissen, wo wir das Ding drehen wollten!", rief Diel.

Statt einer Antwort griff der Safeknacker-Darsteller unter seinen Hemdkragen, zog ein kleines Gerät hervor und hielt es Diel unter die Nase.

„Damit hatten wir gerechnet", erklärte Maschke. „So konnten wir unseren Mann immer anpeilen. Heute Mittag ist er dreimal um die Diamantenbörse gefahren, da wussten wir, was Sache ist."

Der Kommissar griff in seine Manteltasche und legte Diel Handschellen an.

„Ihren Freund Pilling haben wir übrigens schon vor einer Viertelstunde verhaftet."

„Das sollte mein letzter Coup werden", jammerte Diel.

„Tja, das wurde er nun ja auch", sagte Maschke.

# TOD EINES KREDITHAIS

„Gillmore & Green - Bargeld sofort" stand auf dem Schild am Eingang des Hauses.

Helen Watson gab sich einen Ruck und ging hinüber. Die Haustür stand offen.

Die junge Frau ging zu den Aufzügen, überlegte es sich dann aber noch einmal und nahm die Treppe.

Zwischen dem ersten und zweiten Stock kam ihr jemand entgegen.

Ein kräftiger Mann in einem dunklen Anzug. Er starrte Helen an, wandte dann aber schnell sein Gesicht zur Seite und ging rasch an ihr vorüber.

Helen blieb stehen.

Das war schlecht.

Nun hatte jemand sie gesehen. Aber würde er sich an sie erinnern? Wohl kaum.

Helen ging weiter. Eine Glastür führte in das Büro. Helen klopfte und trat ein.

Der Vorraum war leer, die Tür zum angrenzenden Büro stand offen.

Dort saß er in einem großen Sessel hinter seinem Schreibtisch und starrte sie an.

Genauso hatte John ihn beschrieben.

David Gillmore.

Fett, eine halbe Glatze, die Ärmel heraufgerollt.

Ein zynisches Grinsen im Gesicht.

Ein Glas Whiskey vor sich.

„Sie kennen mich nicht. Mein Name ist Helen Watson. John Watsons Frau."

Der Dicke antwortete nicht.

„Mein Mann hat vor einem Jahr 10.000 Dollar bei Ihnen geliehen. Inzwischen hat er Ihnen schon weit mehr als das Doppelte zurückgezahlt. Aber Sie wollen immer noch Geld. Wir haben nichts mehr." Helen konnte nun ein Schluchzen nicht mehr zurückhalten. „Ich weiß nicht mehr, wie ich meine Kinder ernähren soll, die Miete kann ich nicht mehr bezahlen."

Gillmore starrte die Frau an.

Er rührte sich nicht, das Gejammer schien ihn kalt zu lassen.

„Aber von uns bekommen Sie nichts mehr." Verzweifelt griff Helen in ihre Handtasche. „Niemand wird mehr etwas an Sie bezahlen müssen. Sie werden keine braven Leute mehr ruinieren!"

Helen hob den Revolver.

Sie kniff die Augen zusammen und drückte ab.

Sechs Mal, dann kam nur noch ein Klicken.

Halb taub durch die Schüsse sah sie, wie Gillmore ganz langsam mitsamt seinem Sessel umfiel.

Das Poltern ließ sie aufschrecken.

Sie hatte es getan.

Sie hatte diesen Blutsauger erschossen!

Mechanisch steckte sie die Waffe wieder in ihre Handtasche und verließ das Büro.

*

„Da wollte einer aber ganz sicher gehen", meinte Inspector MacVie, als er die Leiche sah.

„Wir brauchen keinen Arzt um zu wissen, was den erledigt hat. Schafft ihn ins Leichenschauhaus!"

„Kennst du ihn?", fragte Chris Jones, sein Mitarbeiter.

„Klar, Gillmore, der Kredithai. Bei dem steht das ganze Viertel in der Kreide. Er hat noch einen Partner, Green heißt der. Er steht zwar auf dem Türschild, hält sich aber sonst ganz aus dem Geschäft raus. Sieh mal zu, dass du mir den auftreibst."

*

„Ich kann es gar nicht fassen." Peter Green versuchte erschüttert auszusehen, was ihm aber nicht besonders gut gelang. „Wer kann nur so etwas Schreckliches tun? Es ist unvorstellbar."

„Och, ich kenne da eine ganze Menge Leute, die Ihren geschätzten Partner gerne tot gesehen hätten. Genauer gesagt, ich habe einen ganzen Karteischrank mit Namen im Büro beschlagnahmt. Lauter geprellte Kunden."

„Wie können Sie sowas sagen?" Green spielte den Empörten.

„Wir sind ein seriöses Unternehmen."

„Jaja, sicher." Jones winkte ab. „Was uns viel mehr interessiert, ist allerdings, wie Ihr eigenes Verhältnis zu Gillmore war. Man hört da so Sachen. Sie sollen ihn im Verdacht gehabt haben, Ihnen Ihren Anteil nicht ganz korrekt gezahlt zu haben. Wo waren Sie, als er erschossen wurde?"

„Was soll denn das heißen? Sie verdächtigen mich? Ich war heute den ganzen Tag zu Hause. Alleine."

„Na, wie praktisch. Wann haben Sie denn Ihren guten Freund und Partner das letzte Mal lebend gesehen? Wann waren Sie zuletzt bei ihm im Büro."

„Das ist bestimmt schon ein paar Wochen her."

*

„Hast du das gehört? Der Kredithai ist umgebracht worden." John Watson stürzte mit der aufregenden Neuigkeit in die Küche.

„Weißt du, was das heißt? Wir sind frei! Wir müssen nichts mehr bezahlen."

Watson nahm seine Frau in die Arme und tanzte mit ihr durch die Küche.

„Was ist denn, freust du dich denn gar nicht?"

„Doch, sicher", brachte Helen noch hervor, dann brach sie in Tränen aus.

„Was ist denn los?" Watson war verstört. „Ist was mit den Kindern?"

„Ach John, ich halte das nicht aus. Ich muss es dir jetzt einfach sagen."

*

Ein paar Stunden später saß Helen Watson zusammengesunken vor Inspector MacVie.

Stockend erzählte sie, was geschehen war.

MacVie unterbrach sie kein einziges Mal.

„Ich, ich weiß jetzt, ich könnte mit dieser Schuld nicht leben. Ich wollte doch nur meine Familie retten, aber nun weiß ich, dass es der falsche Weg war."

„Haben Sie die Waffe noch, Mrs. Watson?", fragte MacVie behutsam.

Helen Watson holte den Revolver aus der Tasche und legte ihn auf den Tisch.

„Mrs. Watson, ich habe jetzt noch ein paar Fragen. Bitte, versuchen Sie, diese zu beantworten."

Helen nickte ergeben.

„Hat Sie irgend jemand dort gesehen?"

Helen schüttelte den Kopf.

„Sind Sie ganz sicher? Oder fragen wir andersrum: Haben Sie vielleicht jemanden dort gesehen?"

Helen schaute auf.

Sie war verwirrt.

Was sollten diese Fragen?

Dann fiel ihr wieder dieser Mann ein.

„Ja, da war jemand im Treppenhaus, ein Mann. Ist das wichtig?"

„Vielleicht. Können Sie den Mann beschreiben?"

„Ja, er hatte einen dunklen Anzug an. Und er war sehr groß ... Warum ist das denn so wichtig?"

„Das werden Sie vielleicht gleich erfahren."

MacVie griff zum Telefon und sprach leise hinein.

„Es wird jetzt eine Weile dauern. Wir trinken so lange einen Kaffee."

\*

Eine halbe Stunde später klingelte das Telefon.

„Können wir?", fragte MacVie.

„O.K., wir kommen dann."

Er führte Helen in einen abgedunkelten Raum und zog einen schweren Vorhang zur Seite.

Hinter einer Glasscheibe standen in einer Reihe sechs Männer, jeder hielt eine Nummer in der Hand

„Ist der Mann dabei?", fragte der Inspector.

„Ja", antwortete Helen sofort. „Es ist der mit der Nummer drei."

MacVie nickte und machte ein grimmiges Gesicht.

Er führte Helen wieder zurück in sein Büro.

„Liebe Frau Watson, ich sage Ihnen nun etwas, das Sie wahrscheinlich nicht glauben werden: Sie haben David Gillmore gar nicht erschossen."

Helen starrte den Inspector an.

„Das, das kann doch nicht sein. Habe ich ihn denn nicht getroffen?"

„Doch, das haben Sie schon, sechs Mal, um genau zu sein." MacVie kramte in der Schublade herum und holte eine Akte hervor. „Hier ist das gerichtsmedizinische Gutachten, sechs Einschüsse mit einer 38er."

„Ja, aber... ?"

„Sie haben getroffen. Nur: Eine Leiche kann man nicht erschießen! Sie haben erzählt, dass er Sie nur angestarrt hat. Klar, denn er war bereits mausetot."

„Wer, wie... ?"

„Ganz einfach. Er ist vergiftet worden. In dem Whiskey, der vor ihm stand, war ein schnell wirkendes Gift, das einen Herzinfarkt auslöst. Das Gift zersetzt sich im Körper innerhalb von zwölf Stunden und ist dann nicht mehr nachzuweisen. Der Mann, den Sie eben identifiziert haben, war Gillmores Partner. Er war angeblich seit Wochen nicht im Haus. Er ist der Mörder. Hätten Sie nicht versucht, Gillmore zu erschießen, hätte alles nach einem Herzinfarkt ausgesehen und keiner wäre auf den Verdacht gekommen, dass es sich nicht um einen natürlichen Tod handeln könnte. So gesehen haben Sie durch Ihren Anschlag das perfekte Verbrechen verhindern können." „Ja und? Ich habe doch auf ihn geschossen..."

„Ich habe mit dem Staatsanwalt gesprochen", sagte MacVie. „Er lässt ihre Sache fallen, wenn Sie als Zeugin gegen Green aussagen."

# DAS BÜGELEISEN

„Otto!" Wimmer zuckte beim schrillen Klang der Stimme zusammen. Er schaute sich um, konnte aber nicht entdecken, was er nun schon wieder falsch gemacht haben konnte.

Er war wie jeden Tag, wenn er von der Arbeit kam, ins Wohnzimmer gegangen, nicht ohne vorher seinen Mantel ordentlich an die Garderobe zu hängen und die Tasche in die kleine Kommode zu stellen.

Hatte er doch irgendetwas übersehen?

„Ja, Martha, mein Liebling? Was gibt es?", antwortete er.

„Tu nicht so scheinheilig!", kam es wütend zurück.

Ottos Frau Martha erschien in der Tür. Sie hatte ihren hellblauen Hauskittel an.

Da wusste Otto, was er verbrochen hatte.

Blauer Kittel, das hieß Putztag!

Sie baute sich vor ihm auf, die großen Hände in die Hüften gestützt. „Da sieht man wieder, wieviel meine Arbeit in diesem Haus wert ist! Wie oft habe ich es dir schon gesagt? Wie oft? Wenn ich den Flur geputzt habe, hast du die Schuhe vor der Tür auszuziehen. Ja denkst du denn, ich rackere mich hier für nichts und wieder nichts ab? Ich arbeite und arbeite, um dir ein gemütliches Heim zu bieten, und du, was machst du?"

Otto seufzte innerlich erleichtert auf. Welch ein Glück, heute kam sie mit der Leidenstour.

Wenigstens würde sie dabei nicht ausrasten und auf ihn einprügeln, wie es schon häufiger vorgekommen war.

Sie würde sich in Rage reden und würde irgendwann in Tränen ausbrechen und im Schlafzimmer verschwinden.

Dann hätte er den ganzen Abend Ruhe vor ihr.

Die Schlafzimmertür knallte zu, und Otto atmete erleichtert auf.

Das war überstanden.

Er setzte sich in seinen Sessel, schaltete den Fernseher ein und blätterte in. der Programmzeitschrift.

Otto genoss die kleine Freiheit. Er streckte sich auf dem Sofa lang aus, ohne auf irgendwelche Kissen zu achten, die Füße legte er auf den Tisch.

„Aha! So ist das also!" Otto schreckte hoch und rieb sich die Augen.

Er musste wohl eingeschlafen sein.

Martha beugte sich drohend über ihn, ihre Augen blitzten, sie hatte einen hochroten Kopf.

„So ist das also! Anstatt dass du einmal darüber nachdenkst, wie du mir das Leben zur Hölle machst, lässt du es dir hier gutgehen!"

Otto war verstört.

Was war nur mit ihr los? Wieso war sie aus dem Schlafzimmer gekommen? Er bekam gleich die Antwort auf die Frage.

„Denkst du vielleicht, ich merke so etwas nicht? Denkst du vielleicht, ich lasse mir das gefallen, du Nichtsnutz, du Ungeheuer!" Martha brüllte ihn an.

Otto ahnte schon, was jetzt kam, und duckte sich ängstlich, doch es half nichts.

Ziellos prügelte Martha auf ihn ein.

Otto konnte sich kaum vor den Schlägen schützen, er kroch immer mehr in die Ecke des Sofas, wo er zusammengekauert liegenblieb.

Nach einer Weile ließ Martha von ihrem Opfer ab. Ohne ein weiteres Wort ging sie aus dem Zimmer.

Otto hörte noch die Schlafzimmertür zuschlagen, der Schlüssel wurde umgedreht.

‚Dieses Weib', dachte er schwer atmend. ‚Dieses verfluchte Weib. Irgendwann bringe ich sie noch um!' Er rieb sich die schmerzenden Stellen an Armen und Beinen.

*

Otto arbeitete bei einer Versicherungsgesellschaft. Er war Schadenssachbearbeiter, bei Kollegen und Kunden als zuverlässig und gewissenhaft bekannt.

An diesem Morgen saß er zusammengesunken an seinem Schreibtisch.

So konnte das nicht weitergehen.

Etwas musste geschehen. Aber was?

Einmal hatte er es gewagt, Martha mit Scheidung zu drohen. Er war danach eine ganze Woche krank gewesen.

Dem Arzt hatte er erzählt, er sei eine Treppe hinuntergestürzt.

Otto blätterte in den Akten, die vor ihm lagen. Hausratversicherungen gehörten auch zu seinem Ressort. ‚Wieder zwei Wohnungsbrände. Die Leute passen aber auch nicht auf', dachte er.

Dann starrte er die Wand an.

„Die Leute passen nicht auf. Ja", sagte er laut.

*

Freitag hatte sich Martha wieder beruhigt

Otto durfte schon wieder ins Schlafzimmer.

Der Samstag würde wohl wie gewöhnlich verlaufen.

Otto hasste diesen Tag.

Jeder normale Mensch freute sich auf diesen arbeitsfreien Tag, doch für Otto war es die Hölle. Martha hatte den Samstag zu ihrem Waschtag erklärt.

Doch am Nachmittag gab es dann immer eine Erholung.

Martha hatte es sich angewöhnt, von vier bis sechs einen sehr ausgiebigen Mittagsschlaf zu halten.

In dieser Zeit konnte Otto sich davon-stehlen und in den Park gehen. Dort traf er immer Leute, von denen einer ein Radio dabei hatte.

Sie hörten dann gemeinsam die Fußball-reportagen.

Die Sportschau durfte Otto nur dann se-hen, wenn Eiskunstlaufen kam.

Er hasste Eiskunstlaufen.

*

An diesem Samstag war Martha gegen vier Uhr so erschöpft, dass sie nicht einmal mehr mit Otto meckern konnte.

Sie legte sich auf das Sofa, das extra zu diesem Zweck in ihrem Nähzimmer stand, und war sofort eingeschlafen.

Otto wusste, dass nicht einmal das Tele-fon sie nun wecken konnte.

Wenn Martha schlief, dann schlief sie.

Er ging an den Schrank und nahm das große Dampfbügeleisen heraus. Er stellte das Bügelbrett auf, holte aus der Küche die Flasche mit Waschbenzin und füllte sorg-fältig den Wasserbehälter des Bügeleisens damit.

Dann stellte er es auf das Bügelbrett und steckte den Stecker in die Dose.

Martha schnarchte leise vor sich hin.

Otto zog seinen Mantel an und machte sich auf den Weg in den Park.

*

Es schien ein turbulenter Bundesliga- Spieltag zu sein. Die Reporter überschlugen sich fast vor Begeisterung, und Ottos Bekannter freute sich schon auf die Sportschau.

Otto selbst war nicht recht bei der Sache.

Immer wieder lauschte er. Es war schon bald fünf! Warum passierte nichts?

Doch dann zuckte er zusammen.

Martinshörner.

Sie kamen näher und näher, dann rauschten drei große Feuerwehrwagen dicht am Park vorbei.

*

„Tut mir leid, Herr Wimmer, aber da kam jede Hilfe zu spät." Der Kommissar versuchte Otto zu trösten.

Otto gab sich sehr gefasst.

„Da hat man den ganzen Tag mit solchen Sachen zu tun, aber dass man selbst einmal..." Otto schüttelte den Kopf. „Und ich habe ihr immer gesagt, sie soll mit dem Bügeleisen vorsichtig sein."

Der Kommissar schaute Otto aufmerksam an.

„Wann sind Sie denn fortgegangen?"

„Um vier Uhr etwa. Sie wollte noch die Wäsche bügeln und sich dann etwas hinlegen."

„Die Wäsche, die sie im Korb hatte?"

Der Kommissar lauerte.

Otto bemerkte es nicht. „Ja, die Wäsche im Korb. Was kann nur passiert sein? Ist sie vielleicht eingeschlafen?"

Der Kommissar holte tief Luft. „Herr Wimmer, Sie selbst verstehen wohl nicht viel vom Haushalt?"

„Äh, nein, meine Frau hat immer alles gemacht."

Der Kommissar nickte. „Dann ist der Fehler zu verstehen, den Sie gemacht haben."

Otto schreckte auf. „Wer ich? Ein Fehler?"

„Ja, Sie. Der Plan war bestimmt gut. Nur eine Sache, die hat eben nicht ganz gestimmt. Es gab für Ihre Frau gar keinen Grund, das Bügeleisen anzuschalten. In dem Korb, der im Zimmer stand, waren nur Gardinen. Und Gardinen aus Kunstfaser werden nicht gebügelt. Nicht einmal von der fleißigsten Hausfrau!"

# ABGESTÜRZT

Das Treppenhaus hallte wider von lautem Hämmern. Auf den Stufen lag feiner Staub.

Petra Gerber schleppte die schwere Einkaufstasche in den fünften Stock. Wie oft hatte sie früher zu Karl gesagt: „Suchen wir uns doch etwas anderes."

Er hatte nie gewollt. Mal war es das Geld, mal die Freunde in der Nähe, die Kneipe.

Jetzt fragte sie ihn schon gar nicht mehr. Er hätte ihr wohl auch keine Antwort gegeben.

Oben, neben ihrer Wohnung, standen die Handwerker, die das Treppenhaus renovierten. Sie waren gerade dabei, das alte, morsche Treppengeländer abzureißen.

„Na, Fräulein, passen Sie nur auf. Da geht's tief runter", meinte einer und lachte.

Petra warf ihm nur einen kurzen Blick zu und schloss die Türe auf. Sie ging in die Küche und packte ihre Einkäufe aus.

„Warum mach' ich das eigentlich noch?", dachte sie. „Hat doch alles keinen Zweck mehr."

Karl würde nicht wie früher immer von der Arbeit zum Mittagessen herüberkommen.

Es war egal, ob sie kochen würde, oder nicht.

Alles war eigentlich egal.

Sie wusste, dass da eine andere Frau war.

Karl hatte es ihr selbst gesagt, so ganz beiläufig, beim Frühstück, als sie ihn wieder einmal fragte, warum er denn so spät in der Nacht nach Hause gekommen sei.

Sie hatte sich aufgeregt, doch er hatte ungerührt in der Zeitung weitergeblättert und nicht zugehört.

Dann war er zur Arbeit gegangen.

Seit drei Monaten ging das jetzt schon so.

Karl kam erst spät am Abend nach Hause, manchmal erst am frühen Morgen.

Sie hatte geweint und gebettelt, wollte mit ihm reden, aber er war nicht darauf eingegangen.

„Wenn dir irgendwas nicht passt, kannst du ja ausziehen." Mehr hatte er nicht gesagt. „Lass dich doch scheiden, wenn du willst."

Natürlich konnte sie nicht ausziehen.

Sie hatte nichts und niemanden. Keine Freunde, keine Verwandten.

Wütend warf sie die Kartoffeln in den Korb.

Nein, heute würde sie nicht kochen.

*

Petra ging hinüber ins Wohnzimmer und schaltete den Fernseher ein. Gut, dass es ein Vormittagsprogramm gab.

Petra kochte sich einen Kaffee und sah sich einen alten Spielfilm an.

So müsste es ihr auch ergehen!

Die hübsche junge Frau, die mit dem ekelhaften Alten verheiratet war, machte schließlich doch noch ihr Glück.

Sie lernte einen reichen jungen Arzt kennen, der sich auf der Stelle in sie verliebte.

Und ihr Ehemann kam bei einem Unfall um.

Petra seufzte und schenkte sich Kaffee nach.

Die Handwerker hatten wohl Mittagspause. Jedenfalls hatte der Lärm im Treppenhaus aufgehört.

Dafür vernahm sie nun aus der Nachbarwohnung Stimmen.

Die Mutter von nebenan zankte wieder mit ihrer Tochter.

„Du sollst doch nicht immer mit den Rollschuhen in die Wohnung kommen! Zieh sie aus und stell sie vor die Tür!", hörte sie die Frau schimpfen.

Petra streckte sich auf dem Sofa aus.

Der Film ging ihr nicht aus dem Kopf.

„Wenn mir doch auch so was passieren könnte", dachte sie immer wieder.

Wenn, ja wenn!

Wenn Karl nicht mehr da wäre, dann...

Sie erschrak ein wenig vor ihren eigenen Gedanken. Dann überlegte sie.

Was wäre, wenn er einen Unfall hätte?

Da war doch diese Lebensversicherung.

Petra stand auf und ging an den Wohnzimmerschrank. Nach einigem Suchen fand sie die Mappe mit den Verträgen.

Tatsächlich, da lag sie, die Versicherungspolice, ganz unten.

Sie war noch immer auf ihren Namen ausgestellt!

Das war doch eine Möglichkeit!

Petra schreckte vor ihren Gedanken auf einmal gar nicht mehr zurück.

Ja, ihm müsste etwas passieren.

Aber was?

Ihre Kenntnisse auf diesem Gebiet beschränkten sich auf Fernsehkrimis. Und da wurde der Täter immer geschnappt.

Irgendein Unfall muss es sein, dachte sie.

\*

Über ihrer Grübelei war es Nachmittag geworden. Die Handwerker hatten ihre Arbeit wieder aufgenommen.

Petra lag noch immer auf dem Sofa und dachte angestrengt nach.

Es klingelte.

Verwundert stand sie auf und ging an die Tür. Es war einer der Arbeiter.

„Ich will Ihnen nur sagen, dass wir das Geländer hier oben weggemacht haben.

Auf dem Schacht liegen Bretter. Aber Sie müssen trotzdem gut aufpassen."

Petra trat ein paar Schritte vor und schaute auf die Abdeckung.

„Vielen Dank. Ich werde aufpassen." Sie lächelte dem Handwerker zu, der sich zur nächsten Wohnungstür wandte.

Petra war ganz aufgeregt. Da war sie, die Gelegenheit.

Aber wie?

Wie sollte sie es schaffen, dass Karl so unvorsichtig war und dort hinunterstürzte?

Wieder kamen Stimmen aus der anderen Wohnung. „Nein, jetzt seid ihr schon zu zweit hier drinnen. Sofort raus mit den Rollschuhen!"

*

Es war schon nach zwei. Endlich hörte sie die schweren Schritte auf der alten Treppe.

Petra hielt den Atem an und zählte mit.

Jetzt, jetzt gleich.

Sie hörte einen halblauten Ruf, das Krachen von Holz - und dann einen Schrei.

Sie sprang auf und wollte nach draußen rennen, doch sie hielt sich zurück.

„Nein", sagte sie sich. „Du hast nichts gehört. Du hast geschlafen."

Erschrocken bemerkte sie, dass sie noch angezogen war. Rasch ging sie ins Schlafzimmer, zog sich aus und legte sich ins Bett.

Sie musste nicht mehr lange warten, bis es an ihrer Tür stürmisch klingelte.

*

„Ihr Mann ist auf den Rollschuhen ausgerutscht, die da oben an der Treppe standen, und hinuntergefallen. Das steht fest."

Der Polizist hatte eine Weile auf Petra einreden müssen, bis sie sich beruhigt hatte.

Sie spielte ihre Rolle wirklich gut.

Sie stand im Morgenmantel im Flur und auf der Treppe drängten sich die neugierigen Hausbewohner.

„Also, die Rollschuhe gehören dem Kind von nebenan, sagen Sie?"

Petra nickte.

„Die gehören der kleinen Susanne. Ich, ich will ihr keinen Vorwurf machen, ein kleines Kind ...

„Das müssen Sie auch nicht." Der Beamte sah Petra scharf an, dann begleitete er sie mit einem Blick auf die Nachbarn in ihre Wohnung.

„Das Kind kann überhaupt nichts dafür. Es waren nämlich gar nicht die Rollschuhe der kleinen Susanne!"

Petra starrte den Beamten verwirrt und ängstlich an.

„Ja, Frau Gerber. So ist das. Susanne hatte Besuch von ihrer Freundin Brigitte. Die hatte ihre Rollschuhe vor der Tür abgestellt. Als ihre Mutter sie um halb acht abgeholte, waren die Rollschuhe verschwunden. Sie waren nicht aufzufinden. Und nun stehen sie plötzlich um drei Uhr nachts auf der Treppe. Und ganz zufällig rutscht Ihr Mann darauf aus? Vielleicht können Sie mir erklären, wie das möglich ist?"

# HÖFLICH BIS ZUM SCHLUSS

Eddie zog den Nylonstrumpf über den Kopf und betrat die Bank.

In der Hand hatte er den großen Revolver.

Er blieb am Eingang stehen und wartete, bis ihn jemand bemerkte.

Eine Kassiererin war die erste.

Sie schrie laut auf. Alle drehten sich um, starrten ihn an. „Bitte keine Panik, meine Damen und Herren." Eddies Stimme war ruhig und nicht einmal besonders laut. „Wie Sie sehen, ist dies ein Überfall."

Er trat an den Schalter, ließ dabei aber die Kunden nicht aus den Augen.

„Wenn Sie mir nun alle Scheine aus der Kasse geben würden, wäre ich Ihnen wirklich sehr dankbar."

Er schob eine Plastiktüte über den Tresen.

„Und wenn Sie sich etwas beeilen, kann ich schneller wieder gehen und brauche Ihre Kunden nicht weiter zu beunruhigen. Ich hoffe, dass ich nicht gezwungen bin, Ihr

Arbeitstempo etwas zu beschleunigen." Er zeigte mit dem Revolver auf eine Kundin.

Es war ganz still geworden.

Eddies Ruhe und Bestimmtheit machten Eindruck und wirkten mindestens genauso bedrohlich, als wenn er geschrien hätte. In eingeweihten Kreisen war Eddie als der höfliche Eddie bekannt.

Er war ein gefürchteter Bankräuber.

‚Höflichkeit zahlt sich aus', war sein Motto, und so behandelte er seine Mitmenschen immer ausgesprochen freundlich, ob es sich dabei um Kollegen oder Opfer handelte.

Die Zeitungen und die Polizei nannten ihn nur den ‚Höflichen Bankräuber'. Mehr konnten sie nicht beitragen, außer dass sie gewissenhaft seine Überfälle zählten, ihn aber nie überführen konnten.

Eddie beobachtete, wie die Kassiererin schnell und bündelweise das Geld in die Tüte stopfte.

Es waren alles große Scheine.

Die Tüte war voll.

Eddie nahm sie und schaute sich noch einmal im Raum um. „Ich wäre Ihnen allen sehr verbunden, wenn Sie noch etwa fünf

Minuten warten könnten, bis Sie den Raum verlassen. Es könnte nämlich sein, dass ich noch vor der Tür stehe."

Keiner bewegte sich.

Eddie ging langsam zur Tür, schaute noch einmal schnell zurück, dann zog er den Strumpf vom Kopf und schlüpfte hinaus in den Vorraum.

Eine alte Frau wollte gerade eintreten und mühte sich mit der schweren Glastür ab.

Eddie hielt sie ihr auf.

Sie nickte ihm freundlich zu. „Danke schön, junger Mann."

*

Auf der Straße ging Eddie langsam, ganz gemütlich, als mache er einen Spaziergang.

Er zog den Mantel aus und trug ihn über die Schulter, als sei ihm zu warm geworden.

Die Plastiktüte mit dem Geld und dem Revolver steckte er in eine unauffällige Einkaufstasche.

Aus dem Mantel zog er eine Mütze und setzte sie auf.

Er war vielleicht zweihundert Meter weit gegangen, als er hinter sich Geschrei hörte.

Aus der Bank kamen Kunden und Angestellte gelaufen und riefen „Überfall, Überfall" und deuteten in alle Richtungen.

Eddie blieb genauso wie andere Passanten auch stehen und schaute neugierig zurück.

Niemand achtete auf ihn.

Nach einer Weile ging er weiter. Mit jedem Schritt fühlte er sich sicherer. Er nahm den Mantel von der Schulter, wendete ihn, so dass nun die dunkle Seite außen war und zog ihn an. Jetzt war er ganz sicher, dass er nicht mehr erkannt würde.

Ein Streifenwagen kam mit Blaulicht vorbeigerast.

Wieder blieb Eddie stehen und schaute hinterher, wie alle anderen auf der Straße.

Weiter ging es.

Er freute sich auf das Zählen.

Die Tasche hatte ein ganz gutes Gewicht. Er dachte·an die dicken Bündel mit den Hundertern, die er gesehen hatte. Sogar ein oder zwei Tausender waren dabei.

Das war immer der schönste Augenblick.

Das Zählen nach der erfolgreichen Arbeit: Er riss immer die Banderolen auf und nahm genüsslich jeden einzelnen Schein in die Hand und legte ihn dann auf den Haufen zu den anderen.

Eddie lachte und fing an, ein Lied zu pfeifen.

Das war der Saisonabschluss.

Ganz bestimmt.

Ein oder zwei Jahre Urlaub würde er sich erstmal gönnen. Irgendwo im Süden.

*

Die Straße war ruhiger geworden. Es liefen kaum noch Passanten in seine Richtung. Vor einer Kneipe stand eine Reihe Motorräder.

Ein Mädchen in einem kurzen Lederrock und einer engen Bluse lehnte an der Wand und kämmte sich.

Gerade als Eddie vorbeikam, fiel ihr der Kamm aus der Hand, Eddie genau vor die Füße.

Er bückte sich, hob ihn auf und gab ihn dem Mädchen mit einem Lächeln.

„Ich glaube, Sie haben etwas verloren." Eddie spürte eine schwere Hand auf der Schulter, die ihn langsam herumdrehte.

Er sah sich einem fast zwei Meter großen, breiten Mann mit einer nietenbesetzten Lederjacke gegenüber.

„He, Alter, ich glaub' fast, du hast meinen Engel angequatscht." Der Riese blies ihm den Rauch seiner Zigarre ins Gesicht.

„Wie bitte? Ja, richtig, ich habe ihr gesagt, sie hätte etwas verloren und..." Mit einem etwas verkrampften Lächeln hielt er ihm den Kamm hin.

Der Riese nahm ihn, warf ihn dem Mädchen zu. „Ich kann's aber nicht ab, wenn so ein Typ wie du meinen Engel anmacht, Alter."

„Aber, aber, ich bitte Sie, ich habe doch nur..."

Der andere rückte bedrohlich näher. „Weißt du, was passiert, wenn einer meinen Engel anmacht?"

„Aber ich bitte Sie, das ist doch alles nur ein Missverständnis, wenn. Wenn ich etwas falsch gemacht haben sollte, dann bitte ich um Entschuldigung."

Eddie versuchte zur Seite auszuweichen, stieß aber gegen zwei andere Männer, die unbemerkt herangekommen waren.

Er sah sich plötzlich von einer ganzen Horde umringt.

Verzweifelt versuchte er, irgendetwas zu sagen, zu erklären, aber keiner hörte auf ihn.

Der Kreis wurde immer enger. Sie begannen, ihn hin und her zu stoßen. Einer schlug ihm die Mütze vom Kopf und zog ihn an den Ohren.

„So, den Engel vom Präsident anmachen?"

„Alter, du bist reif."

Satzfetzen umschwirrten ihn, dann fingen sie an, ihn zu schlagen.

Eddie warf sich zu Boden, rollte sich zusammen und versuchte, den Tritten auszuweichen.

Einer riss ihm die Einkaufstasche aus der Hand. „Alterchen hat eingekauft. Hallo, was haben wir denn da?"

Dann ein Ruf.

„Die Bullen kommen. Weg hier."

Motorräder heulten auf und schossen davon.

Eddie setzte sich benommen auf.

Zwei Polizisten kamen auf ihn zu und halfen ihm auf die Beine.

„Was ist denn hier passiert?"

„Ach nichts, nichts." Eddie tat alles weh, aber er klopfte sich den Staub aus dem Mantel und setzte die Mütze wieder auf. „Nur ein dummer Scherz, ein Missverständnis, verstehen Sie?"

Die Polizisten sahen sich an. „Soso. Ein Scherz. Sie wollen keine Anzeige erstatten?"

„Ach wo. Alles halb so schlimm." Eddie winkte ab. „Es ist ja nichts passiert."

„Ja, wenn Sie meinen." Der eine Polizist bückte sich und wollte die Einkaufstasche aufheben. Er griff aber nicht richtig zu und sie rutschte ihm aus der Hand.

Scheppernd fiel der Revolver auf das Pflaster.

Alle drei starrten stumm darauf.

Einer der Polizisten fing sich als erstes. Er griff nach Eddies Arm. „Ich glaube, Sie kommen doch einmal mit uns."

*

Eddie verweigerte die Aussage, aber das half ihm nicht. Die Beweise waren eindeutig. Die Beute war da und die Tatwaffe. Außerdem hatte die alte Dame aus dem Eingang ihn eindeutig identifiziert.

Als Eddie wenig später dem Haftrichter vorgeführt wurde, seufzte er nur: „Und ich habe immer gedacht, Höflichkeit zahlt sich aus... "

# BLENDE 16

„Ganz egal, wohin ich gehe, immer steht ein Haufen Leute herum. Ich möchte mal wissen, wie das nur kommt." Astrid Klein nahm ihren Fotokoffer aus dem Streifenwagen, der sie hergebracht hatte, und stieg aus.

Der Beamte, der sie gefahren hatte, zuckte nur mit den Schultern.

Es war etwa drei Uhr früh, der Stadtpark lag um die Zeit eigentlich völlig verlassen da, aber jetzt drängten sich bestimmt hundert Leute an der Absperrung, die die Polizei errichtet hatte.

Die Leiche lag auf einer kleinen Wiese neben einem Fischteich.

Der Tatort war von ein paar Halogenlampen hell erleuchtet. Astrid erkannte den bulligen Mann. der gerade mit dem Arzt sprach.

Harry Winter, der Leiter der Mordkommission.

Er winkte sie herbei. „Sie können anfangen. Leiche aus allen Winkeln, das Übliche halt."

Astrid machte sich an die Arbeit.

Sie war Polizeifotografin.

Es hatte anfangs eine Weile gedauert, bis sie die schrecklichen Bilder, die sich ihr häufig boten, vergessen konnte, aber inzwischen war sie abgehärtet.

Sie baute ihr Stativ auf, montierte die Kamera und machte routiniert ihre Aufnahmen.

In der Nähe unterhielt sich Winter mit einem anderen Kriminalisten, den Astrid nicht kannte.

„Weiß der Geier, warum", meinte der. „Die Alte führt ihren Hund aus, und einer wartet mit der Axt auf sie."

„So sieht's aus. Im Augenblick jedenfalls", bestätigte Winter knapp.

Er bemerkte Astrid und sagte zu ihr: „Dort drüben liegt die Tatwaffe. Davon auch ein paar Bilder."

Astrid nickte und machte sich an die Arbeit.

Ab und zu warf sie heimlich einen Blick zu Winter hinüber. Sie hatte oft mit ihm zu tun und bewunderte ihn.

Seine ruhige, sachliche Art imponierte ihr.

Sie hätte gern unter ihm gearbeitet, hatte sich aber noch nie getraut, mit ihm darüber zu sprechen.

Astrid schaute sich nach der Menschenmenge um.

Es war fast halb vier, und trotzdem schienen es immer mehr zu werden.

Astrid machte kurz entschlossen noch ein paar Bilder. Dann räumte sie ihre Ausrüstung zusammen.

*

Nachdem sie den Morgen im Fotolabor verbracht hatte, trug sie die entwickelten Bilder zur Mordkommission und trieb sich dort ein wenig herum.

Sie wollte gerne hören, was es Neues gab, außerdem gefiel ihr die Atmosphäre.

„Aha, unsere Frau am Fotoapparat", kommentierte Kriminalmeister Schröder ihr Erscheinen.

Er war einer der Mitarbeiter Winters, aber anders als der immer für einen flotten Spruch zu haben.

Er goss Astrid einen Kaffee ein: „Na, wieder mal Nachtarbeit?"

Astrid nickte und setzte sich auf Schröders Schreibtisch.

„Habt ihr schon was rausgekriegt?"

„Null. Irgendein Spinner. Hat vielleicht zu viel Kino gesehen. Kein Motiv, kein Verdächtiger. Nichts."

*

Zwei Tage später ging es bei der Mordkommission nicht mehr so ruhig zu.

Astrid war auch nicht wohl zumute, als sie ihre Fotos ablieferte.

Wieder war eine alte Frau erschlagen worden, wieder in der Nacht und wieder in einem Park.

Und wieder mit einer Axt.

Die Stadt war in Panik.

Ergebnisse wurden von der Polizei gefordert, aber die konnte nur dürftige Resultate ihrer Ermittlungen liefern. Nicht einmal die genaue Herkunft der Axt konnten sie feststellen: Ein Massenprodukt, das überall verkauft wurde.

Sogar Schröder hatte nicht die Laune zu einem Scherz.

Er betrachtete die Bilder des Tatorts. „Irgendwann mach' ich's doch mal", knurrte er.

„Was denn?", fragte Astrid.

Schröder warf ihr ein Bild hin.

„Diese ganzen verdammten Gaffer einlochen. Wo kommen die bloß immer her, mitten in der Nacht?"

„Das habe ich mich auch schon oft gefragt."

Astrid warf einen Blick auf das Bild. Wie üblich drängelten sich die Leute um die besten Plätze. Sogar zwei Kinder waren zu erkennen.

*

„So geht's nicht weiter!" Winter hatte seine Stimme nur ein wenig gehoben, aber alle wussten, was das bedeutete.

Auch Astrid, die gerade zufällig in der Tür stand. „Ihr geht jetzt los und sammelt mir alle Bekloppten ein. Alle Perversen. Alle Spinner. Jeden, der nur annähernd in dieser Richtung mal aufgefallen ist. Alibis abchecken, wer keins hat, bleibt. Alles klar?"

Winters Leute nickten ergeben und machten sich auf den Weg.

Winter sah Astrid und streckte wortlos die Hand nach dem Umschlag aus, den sie ihm hinhielt.

Er wusste, was drin war.

Gestern Nacht hatte man die dritte Frau gefunden.

Alles wie bei den ersten Morden.

Winter sah sich die Fotos kurz an und warf den Umschlag auf den Schreibtisch. Für seine Verhältnisse war das schon fast ein Gefühlsausbruch.

*

Am Nachmittag war in den Räumen der Mordkommission der Teufel los. Überall saßen merkwürdige Gestalten in den Büros und gaben die gleichen Antworten auf die gleichen Fragen.

„Vorgestern? Keine Ahnung."

„Stadtpark"

„In welchem Stadtpark?"

„Ich war noch nie in meinem Leben in einem Park."

„Frische Luft ist ungesund."

Und so weiter.

Winters Männer kamen kaum voran. Wenigstens gelang es ihnen nach und nach, immer mehr Verdächtige auszusondern. Aber es zeichnete sich noch nichts ab.

\*

Astrid saß in ihrem Labor und brütete über den Tatortfotos. Immer wieder schaute sie die Bilder durch.

Dann war sie sich ihrer Sache sicher.

Sie ging zum Vergrößerungsgerät und arbeitete eine halbe Stunde.

Mit den großformatigen Abzügen ging sie hinauf zur Mordkommission und legte sie Winter triumphierend auf den Tisch.

„Was ist jetzt damit?", wollte der müde wissen.

Astrid erklärte: „Ich habe mich schon immer aufgeregt, dass bei jedem Verbrechen so viele Gaffer herumstehen. Bei dem ersten Mord habe ich nun einfach ein paar Bilder aus der Menge gemacht. Das behielt ich dann bei allen anderen Tatorten bei."

„Schön. Und weiter?" Winter hörte jetzt aufmerksam zu.

„Nun…" Astrid wurde ein wenig verlegen. „Ich bin ja öfter hier und höre, was so geredet wird. Ich habe mitbekommen, dass Sie hier von einem Verrückten als Mörder ausgehen. Nun habe ich einiges über verrückte Mörder gelesen. Zum Beispiel, dass sie oft in Tatortnähe bleiben."

Winter zog langsam die Fotos zu sich heran.

„Ich habe mir meine Bilder angeschaut und etwas Interessantes festgestellt."

Astrid deutete auf verschiedene der Fotos, die Winter auf dem Tisch ausgebreitet hatte.

„Hier, hier und hier. Immer wieder derselbe Mann. An drei verschiedenen Tatorten, die sehr weit auseinanderliegen." Astrid schaute Winter erwartungsvoll an.

Der betrachtete die Bilder eingehend, dann rief er nach Schröder.

Er zeigte ihm die Fotos und fragte: „Haben wir den?"

Schröder runzelte die Stirn. „Das gibt's doch nicht. Ja, der ist hier. Sitzt drüben bei Kreuzer. Erzählt was von wegen er sei bei seiner Großmutter gewesen. Aber der hat gar keine mehr."

Winter schaute Schröder an, dann Astrid.

„Ich glaube, wir haben unseren Mann." Er gab Schröder die Fotos. „Bring die zu Kreuzer. Der kann das Verhör dann entsprechend führen."

Als Schröder gegangen war, nickte Winter Astrid anerkennend zu. „Das war hervorragende Arbeit. Scharf nachgedacht, überlegt gehandelt und sicher kombiniert. Jemanden wie Sie könnten wir hier schon noch brauchen. Hätten Sie Lust, zu uns in die Mordkommission zu kommen?"

Astrid brachte keinen Ton heraus. Aber ihr strahlendes Gesicht sagte genug.

# EXPLOSIVE ERMITTLUNGEN

„Morgen." Susanne Lux schüttelte das Wasser von ihrer Jacke, bevor sie sie hinter den Schrank hängte. „Das ist vielleicht ein Mistwetter. Und so was nennt man hierzulande Sommer."

Karl Holzer warf einen Blick aus dem Fenster.

Es goss in Strömen. „Wirklich ekelhaft", brummte er.

„Und ausgerechnet jetzt ist auch noch mein Garagentor kaputtgegangen", sagte Susanne. „Ich muss das Auto bei diesem Wetter im Freien lassen."

Susanne bürstete schnell ihre Haare aus, bevor sie an ihren Schreibtisch ging.

„Soll ich mir die Sache mal ansehen? Vielleicht kann ich das in Ordnung bringen!", bot Holzer seine Hilfe an.

„Ach, lass nur, ich hab die Handwerker schon bestellt. Aber wahrscheinlich dauert das noch ein paar Tage."

Sie setzte sich an ihren Platz und nahm sich ein dickes Aktenbündel vor.

„Gibt's heute morgen schon Kaffee?",
fragte sie beiläufig, nachdem sie ein paar
Seiten gelesen hatte.

Holzer sprang auf und ging aus dem
Raum.

Susanne las so konzentriert in den Unterlagen, dass sie gar nicht merkte, wie er
ihr wenig später eine Tasse auf den Tisch
stellte.

\*

Wer die schlanke, junge Frau jetzt gesehen
hätte, wäre bestimmt nicht auf die Idee gekommen, dass sie eine der gefürchtetsten
Personen der Stadt war.

Jedoch nur von ein paar Leuten gefürch-
tet.

Susanne Lux war leitende Oberstaatsan-
wältin und befasste sich seit einem halben
Jahr ausschließlich mit der Bekämpfung
des organisierten Verbrechens.

Ihre Erfolge waren für die kurze Zeit er-
staunlich und für ein paar Zeitgenossen äu-
ßerst beunruhigend.

Den Drogenhandel hatte sie fast schon
zum Erliegen gebracht; und im Moment

war sie ein paar ausgesprochen dubiosen Transaktionen beim Bau des neuen Krankenhauses auf der Spur.

Diese Verwicklungen, alles zwischen Nötigung, Erpressung, Bestechung, Unterschlagung, und immer zu Lasten der Stadtkasse, reichten wohl viel weiter, als bis zum unfertigen Rohbau des Klinikums.

„Lange dauert's nicht mehr", meinte sie und sah Holzer, ihren Assistenten, an. „Wohin wir auch schauen und wo immer wir nachbohren, immer wieder stoßen wir auf den Namen: Heribert von Krück."

*

„So geht das nicht weiter!" Von Krück warf wütend seinen Füller auf den Schreibtisch, was er gleich darauf bereute, denn er hatte ihn nicht richtig zugeschraubt.

Thomas Rost zog den Kopf ein und wartete, bis sich von Krück genug über sein tintenverspritztes Seidenhemd aufgeregt hatte.

Dann fragte er vorsichtig: „Und was sollen wir tun?"

„Dafür bist du zuständig", gab von Krück zur Antwort. „Du hast dafür zu sorgen, dass alles läuft und alle spuren! Das ist dein Job. Aber mach's richtig!"

„Was soll ich denn machen?", begehrte Rost auf. „Ich kann doch schon froh sein, dass ich überhaupt so viele Informationen aus der Staatsanwaltschaft beschaffen konnte. So wissen wir wenigstens, was dort vorgeht. Naja, zum Teil eben. Diese Lux ist eben, ja, wie ein Luchs. Die passt auf, dass ihr keiner ins Handwerk pfuscht. Und sagen lässt sie sich auch nichts, von niemandem. Hat alle Vollmachten und so."

„Ja, ja, das ist mir alles klar", winkte von Krück ab. „Was ich wissen will: Wieviel hat sie herausbekommen, und welche Folgen hat das für uns?"

Rost zog wieder den Kopf ein, denn er erwartete ein weiteres Donnerwetter. „Sie ist uns auf der Spur. Aber voll. Hat zu allem schon die richtigen Hinweise und so. Nicht nur zur Klinik."

Ängstlich schaute er zu seinem Chef auf.

Der schaute ihn eine Weile wortlos mit einem eiskalten Blick an. Dann sagte er sehr leise: „Schaff sie aus dem Weg."

Rost erstarrte. „Ich soll sie… ? Aber Chef, wirklich?"

„Wie, ist deine Sache. Aber tu es. Bald. Noch diese Woche."

*

Susanne Lux' weißer Sportwagen hielt vor dem Haus.

Es war ein weißer Bungalow, der in den Hang hineingebaut war.

Unten war eine Garage, darüber das Haus.

Susanne ließ den Wagen auf der Straße stehen und lief rasch zum Eingang.

Es regnete noch immer. Und das schon seit Tagen.

Fünfzig Meter weiter sagte Rost: „Das ist sie."

Der Mann neben ihm nickte nur und schaute angestrengt durch das Fernglas.

Die beiden saßen im Laderaum eines großen Lieferwagens, der unauffällig geparkt war. Durch die Scheiben der Hecktür konnten sie das Haus am Hang genau beobachten.

„Du weißt, worauf es ankommt?" Rost schaute den anderen Mann fragend und unsicher an.

Der nickte wieder und wiederholte gelangweilt: „Sie muss verschwinden, am besten ganz, so dass es keine Spuren gibt. Reine Routine für mich! Das war's doch, oder?"

„Genau." Rost kannte Span von früheren Jobs gut. Wenn der sagte, das geht, dann ging es. Und er hatte gesagt, er würde die Sache schaffen. „Wie willst du's machen?", fragte Rost. „Hast du dir inzwischen etwas überlegt?"

„Hm, kommt drauf an. Ich muss die Mieze erst einmal zwei, drei Tage beobachten. Gewohnheiten rauskriegen und so. Aber ich hab' da schon eine Idee eine sehr gute sogar..."

\*

Drei Tage später saßen die beiden wieder in dem Lieferwagen. Er stand diesmal etwas näher am Haus.

„Pass auf", meinte Span. „Ich hab' sie nun einige Zeit beobachtet. Sie kommt abends immer um sieben nach Hause. Den Wagen lässt sie auf der Straße stehen. Und genau das ist unsere Chance."

„Willst du den Wagen sabotieren?" Rost war enttäuscht. „Ich hatte eigentlich etwas ganz anderes erwartet. Das ist doch ein alter Hut! Außerdem bleiben da immer Spuren, und wer sagt denn, dass sie bei einem Unfall wirklich dabei draufgeht? So sicher, wie Autos heute sind."

Span grinste nur. „Für wie blöd hältst du mich denn? Das weiß ich alles. Nix Unfall. Hier: Ein kleines Bömbchen!"

Er öffnete einen Koffer und nahm ein Kästchen heraus, etwa so groß wie eine Zigarrenkiste.

Eine rote Lampe darauf blinkte beunruhigend.

„Ist das Ding denn schon scharf?", fragte Rost voller Entsetzen.

„Keine Angst", beruhigte ihn Span. Kann nichts passieren. Das Ding geht nur durch Fernzündung hoch."

Er nahm ein anderes Kästchen, an dem eine Antenne war, aus seinem Koffer.

„Erst wenn ich das hier einschalte und dann den Knopf hier drücke, macht's Bumm. Vorher nicht."

„Wie und wann?"

„Pass auf." Span legte Bombe und Fernzündung wieder in den Koffer.

„Sie fährt jeden Tag die gleiche Strecke, und das ziemlich flott. Sie nimmt die Abkürzung durch den Wald, die alte Landstraße. Da gibt es diese kleine Brücke über der Schlucht. Hundert Meter tief und mehr und nur Felsen. Ich fahr' hinterher und drück' auf den Knopf. Die Ladung ist links unten am Wagen. Er hebt ab und verschwindet auf Nimmerwiedersehen in der Schlucht."

„Und das funktioniert?" Rost hatte seine Zweifel.

„Todsicher", lachte Span und tätschelte voller Stolz und Zuversicht seinen Koffer.

*

Susanne kam die Straße heruntergebraust. ‚Typisch', dachte sie. ‚Kaum geht mein Garagentor wieder, schon hört's auf zu regnen.'

Gestern waren die Handwerker dagewesen und hatten es repariert. Aber nicht nur das. Sie hatten ihr gleich etwas Neues und Hilfreiches eingebaut.

Susanne stoppte vor ihrem Haus und griff nach dem kleinen Kästchen, das auf der Ablage lag.

‚Praktisch, so eine Fernbedienung', dachte sie. ‚Muss man nicht mehr aussteigen.' Sie drückte den Knopf.

Im gleichen Augenblick gab es einen furchtbaren Knall.

Ein Kleinlaster, der nicht weit vom Haus entfernt parkte, verschwand in einem dichten Feuerball.

Erschrocken schaute sich Susanne um, dann ging sie schleunigst in Deckung, als ein paar Metallteile auf ihren Wagen prasselten.

*

„Nette kleine Bombe", meinte der Kriminaltechniker, der die Reste untersuchte.

Er wandte sich an Susanne. „Also, es hat geknallt, als Sie Ihre Garage aufmachen wollten! Mit der Fernbedienung?"

155

Susanne reichte dem Techniker das kleine Kästchen.

Der besah es genau, dann nickte er. „Pech gehabt. Und Sie Glück. So wie's aussieht, wollten die beiden Vögel Ihnen eine Bombe ins Auto praktizieren und dann wohl unterwegs fernzünden. Wahrscheinlich irgendwo, wo es nicht auffallen würde. Dummerweise hatte wohl dieser Sender für Ihre Garage die gleiche Frequenz. Und als Sie hier draufgedrückt haben, haben Sie die Bombe gezündet, die für Sie bestimmt war."

„Muss wohl die Erklärung sein", sagte Susanne. Dann sah sie Holzer, der gerade aus seinem Wagen sprang, und ging zu ihm hinüber.

„Gott sei Dank, Ihnen ist nichts passiert." Holzer war sehr erleichtert. „Ich hab's Ihnen ja immer gesagt. Aber Sie wollten nicht auf mich hören. Sie sind in dem Job ständig in Gefahr. Jetzt bekommen Sie Polizeischutz, rund um die Uhr, egal, was Sie dazu sagen. Der Generalstaatsanwalt besteht darauf und der Polizeipräsident auch."

„Ist ja gut." Susanne bedachte ihren besorgten Mitarbeiter mit einem dankbaren Blick. „Ein Gutes hat die Sache aber", meinte sie dann. „Wir wissen nun, wie nahe wir wirklich schon dran sind. Morgen schnappen wir uns unseren Heribert von Krück. Einer der Männer im Laster war nämlich sein Mann für's Grobe."

# ZUGABE: MONA LISAS BLICK

„Halt! Wo wollen Sie denn hin?" Neunzig Kilo Staatsgewalt in blauer Kunstfaser versperrten mir den Weg.

„Nach oben", antwortete ich.

„Und was wollen Sie dort?"

„Der Spusi-Chef erwartet mich." Ich zog den Dienstausweis aus der Tasche und hielt ihn dem Uniformierten vor die Nase. Der Beamte griff danach, aber ich ließ nicht los. Er musterte das Dokument mit zusammengezogenen Brauen und zuckte schließlich die Achseln.

„Okay", sagte er widerwillig. „Er ist..."

„Oben?"

„Äh ... Ja. Oben."

Ich war sicher, ich hatte gerade meinen kleinen Beitrag zur traditionellen Feindschaft zwischen Kripo und Schupo geliefert. Aber ich konnte einfach nicht anders. Beim Anblick von Uniformen stellten sich bei mir immer noch alle Stacheln auf.

Die schwere Haustür fiel hinter mir mit einem halligen Rumms ins Schloss. Ich hatte mir immer wieder ausgemalt, wie es sich wohl anfühlen würde, erstmals den Schauplatz eines echten Mordes zu betreten. Nach meinen praktischen Semestern im Betrugsdezernat, bei der Soko Speiche, die sich mit dem aufregenden Registrieren von Fahrraddiebstählen befasste, und beim Raserblitzen in der Verkehrsüberwachung, wartete ich noch immer auf meine erste eigene Leiche und hatte mir Formulierungen bereit gelegt wie „es roch nach Tod" und ähnlich melodramatischen Unsinn. Aber das Einzige, was meine Nase hier wahrnahm, war ein Hauch von Essigreiniger, der mich an die Klodeckelüberzüge aus Frottee im Haus meiner Großeltern erinnerte.

Hier hatte ich kein Wohnhaus betreten, ich kam mir vor wie in einem Museum. Der Raum wurde von der großen Wendeltreppe beherrscht, die sich rechts in die Höhe schraubte. Ein paar antike Tischchen und Schränkchen standen herum, nicht irgendwie sinnvoll zu nutzen, aber Hauptsache alt und wohl wertvoll. Goldgerahmte Ölbilder hingen an der Textiltapete. Ich schaute nach oben, und auch das letzte Klischee wurde bestätigt. Der unvermeidliche Kronleuchter hing tatsächlich inmitten einer Stuckrosette.

Ich folgte den Stufen. Sie hatten in ihrer Jobbeschreibung auch das Kleingedruckte gelesen und knarrten diensteifrig. In der ersten Etage schloss sich ein langer Flur an den Treppenabsatz an, doch ich stieg weiter hinauf. Der zweite Stock sah nicht viel anders aus, nur war hier die Decke schon niedriger, und in den Stuckecken hatten ein paar Spinnen Einsiedlerhütten gebaut. Die letzte Etappe der Treppe bestand nicht mehr aus Eiche, sondern einem billigeren, lackierten Nadelholz, das neben dem Knarzen auch noch bei jeder Stufe hohl krachte.

Am Ende stand ich vor einer schlichten Tür, die in Ochsenblut gestrichen war. Ich holte zwei Einmalhandschuhe aus der Tasche, zerrte mir das widerspenstige Latex über die Finger und öffnete. Ich wollte mir nicht gleich bei der ersten Begegnung mit meinem neuen Chef einen Anschiss einfangen.

Mit meinem potenziellen neuen Chef.

Der Speicher war riesig und erstreckte sich über die gesamte Grundfläche des Hauses. Es mussten mehr als hundertfünfzig Quadratmeter sein. Fenster in mehreren Gauben ließen genug Licht herein um zu erkennen, dass zwischen dem gekalkten Ständerwerk des Dachstuhls der Traum eines jeden Trödlers lagerte. Alles war vollgestopft, aber nicht etwa mit Müll, sondern mit Möbeln, Koffern, Bücherkisten, Kinderspielzeug, wenigstens zwei Klavieren und einer monströsen Hammond-Orgel sowie Unmengen von uralten Geräten mit altertümlichen Steckern und geheimem Zweck.

Das Auffälligste waren jedoch die lebensgroßen Puppen, die überall dazwischen standen. Im ersten Augenblick hatte es so ausgesehen, als ob in jeder Ecke Männer und Frauen reglos lauerten. Aber es waren Kleiderpuppen. Sie waren nicht von der leicht obszönen Nacktheit, wie man sie aus vielen schlechten und einer Handvoll guter Filme kennt oder immer mal wieder in Schaufenstern sieht, wenn umdekoriert wird, sondern waren alle vollständig bekleidet. Nichts von dem, was ich sah, konnte ich irgendeinem bestimmten Jahrgang zuordnen. Mir war nur eins klar: Alles, was diese Puppen trugen, war schon seit Jahrzehnten aus der Mode. Wenn nicht länger.

Ich entfernte mich ein paar Schritte von der Tür und wäre beinahe in die Lache getreten.

Das Blut war überwiegend schwarzrot geronnen. Die unvermeidlichen Fliegen summten darum herum, natürlich auch zwei besonders ekelige, fette, grüne, die immer wieder abhoben, eine Runde drehten, um dann erneut dort zu landen, wo der Lebenssaft in kleinen Splittern aufgetrocknet war wie ein Flussbett in Afrika. Die Lache war bereits so alt, dass sie nicht mehr roch, und das Einzige, was meine Nase erreichte, war Staub.

Ein kleiner, dumpfer Trommelwirbel ließ mich herumfahren. Ein Mann im weißen Papieroverall stand neben einem Stapel Bücherkisten, und seine behandschuhten Finger klopften in rascher, sicherer Folge auf die Pappe. Daumen, Zeigefinger, Mittelfinger und wieder von vorne. Er war wohl Mitte fünfzig, hatte eine große, unmodische, runde Brille auf der Nase und hätte heutzutage die Einstellungsvoraussetzungen nur geschafft, wenn er sich auf die Zehenspitzen gestellt hätte. Er war mit viel gutem Willen einen Meter sechzig groß und sah aus wie ein Bibliothekar. Wortlos musterte er mich einmal von oben bis unten und zurück.

„Tag", sagte ich. „Ich bin..."«

„Zu spät!", unterbrach er mich, und seine Finger beendeten die rhythmische Einlage.

„Was?"

„Bullen sind immer zu spät." Er hatte eine Stimme, die zu einem Mann von doppeltem Volumen gepasst hätte. „Auch wenn sie pünktlich sind."

„Mein Name ist...", versuchte ich mich vorzustellen, doch er hob wieder die Hand und winkte ab.

„Peter Seifert, Kriminalkommissar seit zwei Wochen, herzlichen Glückwunsch. Du hast drei Jahre Vorlesungen hinter dir. Und ab und zu hast du mal richtigen Polizisten über die Schulter geschaut. Du hast ganz tolle Noten und glaubst, du bist auf alles vorbereitet. Bei mir lernst du jetzt, dass alles, was du bisher gemacht hast, für den Arsch ist." Er sah mich nachdenklich an. „Wer ich bin, weißt du. Ich schlage vor, du bringst jetzt gleich den dummen Spruch, dann haben wir es hinter uns."

„Ich hatte nicht vor..."

Er zuckte die Achseln. „Was hast du gedacht, als du meinen Namen zum ersten Mal gehört hast?" Er hob den Kopf ein wenig und peilte mich durch seine Brillengläser an. „Nicht nachdenken, sag's einfach! Sofort!"

„Dass es nichts Schlimmeres gibt als Eltern, die sich für witzig halten. Und die keinen Augenblick darüber nachdenken, was sie ihrem Kind antun."

Er war leicht überrascht. „Stimmt", gab er zu. „Wenn man Zufall heißt, ist das schlimm genug. Aber wer dann seinen Sohn Rainer nennt..." Er musste nicht weiterreden. Ich konnte mir den Spott auf dem Schulhof vorstellen.

„Was ist der Standardspruch?", fragte ich. „Kommissar Zufall? Ach, Sie sind das? Der Mann, der alle Fälle löst?"

„In der Reihenfolge. Wenn ich für jedes Mal einen Euro bekommen hätte, wäre ich Millionär. Okay. Du hast dich über mich informiert, behaupte ich jetzt mal ganz unbescheiden?"

„Musste ich nicht. Jeder kennt Sie." Es war nicht gelogen. Kommissar Zufalls Ruf war legendär. Man machte dumme Witze über ihn, aber wenn es ums Fach ging, war er der Mann am Tatort. Der Mann, der alles fand und der nie etwas übersah. Der Mann, der auf seine Weise zur Aufklärung von mehr Fällen beigetragen hatte als sonst irgendjemand im Polizeidienst.

„Alles, was man über mich erzählt, ist übrigens wahr", sagte er. „Auch das, was sie erfunden haben. Damit du Bescheid weißt: Jeder kriegt bei mir eine Chance. Genau eine. Das hier ist deine. Überzeug mich, dass du was drauf hast, dann kannst du in meiner Abteilung bleiben. Wenn du es verbockst, Nächster bitte. Sie stehen Schlange. Warum, weiß ich nicht", setzte Zufall hinzu, aber er hob dabei die Mundwinkel um einen halben Zentimeter. Der Mann wusste ganz genau, warum die Bewerber sich darum prügelten, unter ihm zu arbeiten. Schneller konnte man nicht die Leiter rauffallen. Wer bei ihm bestand, der war ein sicherer Kandidat für den nächsten freien Posten als Leiter der Spurensicherungsabteilung in einem großen Präsidium.

„Ich werde mich bemühen", sagte ich zuversichtlich.

„Reicht nicht", knurrte Zufall sofort und schüttelte den Kopf. „Bei uns gibt's keine Fleißpunkte. Du hast Erfolg oder nicht. Wenn du irgendwas suchst, dann fragt kein Richter, ob du eine Minute oder eine Woche gebraucht hast. Es kommt nur darauf an, dass du es entdeckt und erkannt hast, klar?"

„Klar, Chef." Ich gab mir Mühe, nicht zu bemüht zu klingen. Ich hätte mir eine Vier plus gegeben, aber dem Gesichtsausdruck meines Gegenübers nach wäre meine Versetzung akut gefährdet. Noch immer. „Ich werd's finden. Sobald ich weiß, was ich suchen soll."

Wenigstens das brachte ein knappes Lächeln. „Schon besser", sagte der Großmeister der Spurensuche. „Bevor wir anfangen: Was ist deine Ausrede?"

„Tut mir leid", antwortete ich. „Ich war auf dem Präsidium, da wurde mir gesagt, dass Sie hier sind. Ich sollte herfahren. Das habe ich sofort gemacht. Und das ist keine Ausrede."

Er schüttelte den Kopf. „Ich meine deine Ausrede, warum du Bulle geworden bist."

„Braucht man da eine?"

„Du brauchst die Mutter aller Ausreden, Junge. Es gibt keinen vernünftigen Grund, zur Polizei zu gehen. Du wirst beschissen bezahlt, musst in einem Dreckloch hausen, hast immer nur mit irgendeinem Müll zu tun, mit dem sich sonst keiner befassen will – und niemand kann dich leiden. Wenn du dich vermehren willst, musst du dir eine Polizistin suchen, und die lässt sich nach dem dritten Kind scheiden. Weil du nie zu Hause bist. Ganz egal, wie hoch du steigst, es wird immer irgendwelche Schwachköpfe über dir geben, die dir sagen dürfen, was du zu tun hast. Also warum Bulle werden? Okay, mit meinem Namen konnte ich nichts anderes. Aber was ist deine Ausrede?" Er kam langsam auf mich zu, ging um die Blutlache herum, ohne einmal nach unten zu schauen, und blieb vor mir stehen. „Warum Polizei? Warum bist du nichts Anständiges geworden? Scheiß Zeugnis? Letzte Chance? Oder erblich vorbelastet?"

„Mein Vater war Polizist", musste ich zugeben.

„Streife?"

„Ja. Bis Polizeihauptmeister hat er es gebracht. Mein Opa war auch bei der Firma. Autobahnpolizei."

„Von Uniformen umzingelt. Arme Sau", meinte er nur. „Hast du im Kindergarten schon Strafzettel geschrieben?"

„Ja. Macht einen echt beliebt."

„Zur Sache." Er änderte den Ton auf geschäftsmäßig. „Amsträsser Moden sagt dir was? Seit Siebzehnhundertnochwas. Das ist die Villa."

„Hier ist das?" Ich nickte und musterte die Schaufensterpuppen. Langsam bekam das Ganze einen Sinn. „Ich dachte, der Fall sei klar? Der Junior war es, oder?"

Der Mord hatte in den letzten Tagen die ersten Seiten der Lokalpresse beherrscht. Vor fast zwei Wochen war ein Notruf auf der 110 eingegangen. Nachbarn hatten Schüsse in der Villa gehört. Die uniformierten Kollegen fanden den Senior auf dem Dachboden. Mit einem Kopfschuss. Mausetot. Daneben stand der Sohn mit einem Revolver in der Hand. Die beiden hatten in den letzten Monaten immer wieder Streit gehabt, den sie auch öffentlich ausgetragen hatten. Es war um das Erbe der Mutter gegangen.

„Ja", seufzte er. „Das haben alle gedacht. Der Klassiker. Genau deshalb ist die Aufklärungsquote bei Mord so hoch. Weil der Täter meistens mit der Tatwaffe direkt neben der Leiche steht. Und mit dem Opfer verwandt ist."

„Und was ist jetzt das Problem?", fragte ich.

„Das Problem?", sagte mein möglicherweise zukünftiger Chef. „Das Problem ist, dass Junior sich einen Anwalt genommen und die Klappe gehalten hat. Meine Jungs und Mädels haben hier die Spuren gesichert. Alles ganz ordentlich. Seine Fingerabdrücke sind auf der Waffe. Schmauchspuren an seinen Klamotten. Alles klar. Denkt man. Sie haben Projektile gefunden. Aus Juniors Revolver. In der Wand. Da in dem Ständer. Im Fensterrahmen. Und eins in dem alten Radio dort. Aber es sind nur fünf. Und welche Kugel fehlt? Na?"

Ich ahnte es. „Das Projektil, das Amsträsser Senior getötet hat?"

„Hundert Punkte."

„Scheiße."

170

„Dick, hart und mit einem Schleifchen, das kann ich dir sagen", grummelte Zufall. „Sein Anwalt hat Akteneinsicht gefordert und bekommen. Und jetzt auf einmal fängt Sohnemann an zu reden. Da wäre ein Einbrecher gewesen, sie sind beide rauf, er mit dem Revolver aus Familienbesitz. Der Einbrecher schießt. Junior schießt zurück, trifft nicht. Und dann liegt Papa tot am Boden. Der große Unbekannte verschwindet. Und Junior hat einen Schock. Der ihn dazu zwingt, vierzehn Tage lang das Maul zu halten, bis seinem Rechtsverdreher klar wird, dass wir keinen Beweis haben. Und was passiert in so einem Fall?"

„Sie rufen den Besten", sagte ich.

Er zog die Brauen zusammen. „Pass auf, dass du auf deiner Schleimspur nicht ausrutschst."

„Ich habe nicht Sie gemeint."

Ich sah, wie er überrascht die Augen aufriss, dann lachte er laut. „Der war gut. Richtig gut. So muss es sein. Was lernt der Bulle am ersten Tag? Sicheres Auftreten bei völliger Unkenntnis der Sachlage. Los, Junge, zeig mir, dass du mehr drauf hast als Reden. Finde die verdammte Killerkugel.

171

Dann darfst du in meiner Abteilung bleiben."

„Also suche ich zwei Kugeln? Die aus Juniors Waffe. Und die von dem Einbrecher?"

„Die gibt's nicht", erwiderte er mit Überzeugung.

„Weiß ich. Wollte es ja nur erwähnen."

„Ist registriert. Der Mann ist unvoreingenommen. Und jetzt mach dich an die Arbeit!"

*

„Glotz nicht so blöd", knurrte ich und warf der Kleiderpuppe, die zwischen dem Sekretär und dem Küchenbuffet stand, einen bösen Blick zu, aber sie antwortete nicht. Wieder nicht.

„Lass Mona Lisa in Ruhe", sagte Zufall. „Die kann nichts dafür, dass du doof bist." Er lümmelte auf einem Barhocker, der aus einem amerikanischen Diner hätte stammen können, hatte den Ellbogen auf die passende Theke gestützt, die halb von einer festen Plane verdeckt war, und sah mir mit einem betont gelangweilten Gesichtsausdruck bei der Arbeit zu.

Ich verkniff mir eine Antwort, schaute nur die Puppe noch einmal sauer an und drehte mich wieder um. Ich spürte Mona Lisas Blick im Rücken. Wir hatten sie so getauft, weil sie ein merkwürdiges Samtkleid mit einem Spitzenkragen trug. Und weil ihre Augen einem die ganze Zeit zu folgen schienen, egal, wohin man ging. Wie bei Leonardos Mona Lisa eben.

„Wenn sie wenigstens mal den Mund aufmachen würde", sagte ich. „Die könnte uns erzählen, was hier passiert ist."

„Was passiert ist, wissen wir", kam es von Hauptkommissar Zufall, und seine Finger trommelten mal wieder auf der Theke.

Ich zuckte die Achseln, dann nickte ich widerwillig. „Der Kerl hat seinen Vater mit dem Revolver in der Hand durch das Haus gejagt. Der Alte hat versucht, sich hier oben zu verstecken. Aber Junior hat ihn gefunden. Da hat er ihn herumgehetzt. Und er hat auf ihn geschossen. Fünfmal daneben."

„Wiederholungen helfen beim Lernen", brummte er. „Aber nicht bei mir. Das hast du alles schon zehnmal gesagt."

„Ich sage es auch noch zum elften Mal. Vielleicht hilft es mir ja." Ich wusste, er wollte mich provozieren, aber so leicht würde er mich nicht aus der Ruhe bringen. Ich schaute mich im Raum um. Erneut. Die Stellen, an denen die Kollegen die Projektile gefunden hatten, waren auf dem ganzen Speicher verteilt. Es musste eine furchtbare Hetzjagd gewesen sein, bei der sich der Vater immer wieder in Deckung bringen konnte. Irgendwann war es ihm wohl gelungen, den Sohn zu umgehen. Doch bevor er es zur Tür geschafft hatte, war der letzte Schuss gefallen. Der tödliche. Der ihn in den Hinterkopf getroffen und das halbe Gesicht beim Austritt weggesprengt hatte. Mit dem Geschoss Nummer sechs. Das ich suchte. Noch immer.

Etwa von der Stelle aus, an der Mona Lisa stand, musste dieser Schuss gefallen sein, und irgendwo in dem Bereich zwischen der Blutlache und dem Rest des Dachbodens musste das gesuchte Projektil stecken. Das war die einzige Information, die Zufall mir gegeben hatte. Seitdem spielte er den unbeteiligten Zuschauer.

„Gib zu, du warst es", sagte ich zu Mona Lisa. Aber sie legte kein Geständnis ab. Sie schaute mich nur mit ihren tiefen schwarzen Augen an und schwieg weiter.

„Nichts", sagte ich zu Zufall. „Die Wand neben der Tür ist auch sauber."

„Wenn du mir weiter jedes Mal Bescheid sagen willst, wenn du nichts findest, bist du irgendwann heiser", antwortete er.

„Bin ich schon."

Er lümmelte an der Theke und schaute mir ungerührt zu. „Und nun?"

„Lesen", seufzte ich und machte mich über den Stapel Bücherkisten her, die rechts der Tür standen. Ich hatte die Kartons zwar schon nach Löchern abgesucht, aber es musste nicht zwingend ein Einschuss da sein. Das Projektil konnte sehr wohl durch die Grifföffnungen eingedrungen sein und irgendwo zwischen dem Papier stecken. Die oberste Kiste wog wenigstens dreißig Kilo. Ich wuchtete sie herunter, klappte den Deckel auf und nahm den ersten ledergebundenen Wälzer heraus. Es war ein Kassenbuch. Handschriftlich, sorgfältig mit Tinte gefüllte Spalten, die kaum verblasst waren. Ich blätterte es durch,

175

aber es fiel nicht das winzige Stück Blei im Stahlmantel heraus, das ich suchte. Bei den anderen Büchern hatte ich nicht mehr Glück, und ich griff den nächsten Karton.

Mona Lisa verfolgte mich mit ihren Blicken, Zufall beobachtete, und beide schwiegen.

Im Fenster der Gaube links von mir spiegelte sich ein Scheinwerfer. Es war inzwischen dunkel geworden. Mit dem Ärmel wischte ich mir den Schweiß ab, und die dünnen Fasern des Overalls, den auch ich angezogen hatte, waren bereits grau und feucht. Der Staub, den ich immer wieder aufwirbelte, glitzerte im Licht der Halos, die an strategisch günstigen Stellen platziert waren. Sie waren grell und sorgten für Hitze unter den Dachsparren. Doch obwohl der Speicher so ausgeleuchtet war, dass es von der Straße aus so aussehen musste, als würde hier oben ein Film gedreht, brauchte ich immer wieder die Taschenlampe. Die starke Beleuchtung sorgte nicht nur für Helligkeit, sie machte die Schatten auf der anderen Seite umso tiefer.

Seit vier Stunden war ich nun hier zu Gange, und ich war nicht einen Schritt weiter gekommen. Das heißt, ich hatte eine Menge Schritte zurückgelegt, aber von dem fehlenden 9-mm-Vollmantelgeschoss hatte ich keine Spur entdeckt.

„Dein Tatort", hatte Zufall nur gesagt und war auf den Hocker geklettert.

Ich wusste, es war ein Test, und ich hatte nicht vor zu versagen.

Versagt hatte nur meine Blase bisher. Ich hatte bisher mehr als zwei Liter Wasser getrunken, um den Staub aus der Kehle zu kriegen und das auszugleichen, was ich in die Klamotten geschwitzt hatte. Der Klodeckel im ersten Stock hatte wirklich einen Überzug, aber einen gestickten. Mit röhrendem Hirsch.

Auch der letzte Karton erwies sich als Niete. Es waren bündelweise Modekataloge aus dem 19. Jahrhundert. Sorgfältig stapelte ich die Bücherkisten wieder so, wie ich sie vorgefunden hatte, und ein Gähnen schlich sich bis in meine Mundwinkel.

„Schon müde?"

„So schnell nicht", antwortete ich, und es war nicht einmal gelogen. „Die Kugel ist hier irgendwo. Ich werde sie finden. Und wenn ich jede Kiste und jeden verdammten Schrank einzeln durchwühlen muss."

„Wird dir nichts anderes übrig bleiben", meinte Zufall. „Lektion Nummer eins heute. Es geht nichts über gute alte Handarbeit."

\*

Vor der Villa parkte der graue VW-Bus der Spurensicherung. Mir stand jedes technische Hilfsmittel zur Verfügung, doch keines davon hätte mich hier weitergebracht. In freiem Gelände hätte ich mit einem Detektor gearbeitet, aber hier war der ganze Dachboden so voll mit Metall, dass es in den Kopfhörern ununterbrochen gejault hätte. Die Wärmebildkamera war zwei Wochen nach der Tat nutzlos. Aber ich hatte, nachdem es dunkel geworden war, einen Versuch mit der UV-Lampe unternommen, es jedoch gleich darauf aufgegeben. Ultraviolettes Licht ist hervorragend, wenn es darum geht, frische Spuren an einem unbearbeiteten Tatort zu finden. Aber hier waren seit den ersten Untersuchungen so viele Menschen durchgetrampelt, dass es praktisch an jeder Stelle violett leuchtete.

„Netter Versuch", hatte Zufall meine Bemühung kommentiert.

Ich hatte keine andere Wahl gehabt, als mich Millimeter für Millimeter durch die Hinterlassenschaften dieser reichen Kaufmannsfamilie zu wühlen. Mehr als dreihundert Kubikmeter aus zwei Jahrhunderten. Auf der Suche nach einem kleinen Stück Metall, das nicht größer war als der Nagel meines kleinen Fingers.

„Wo fängst du an?", hatte Zufall gefragt.

„Außen", war meine Antwort gewesen. „Bevor ich etwas drinnen suche, muss ich erst mal wissen, ob es noch da ist."

Er hatte zweimal kurz geblinzelt und dann genickt. „Gut", war seine Antwort gewesen. Und das einzige Lob, das ich in der ganzen Zeit erhalten hatte.

Ich hatte als Erstes das Dach gecheckt. Aber alle Bretter waren makellos, die Fenster alle intakt. Die Gauben genauso wie die Giebelwände. Seitdem hatte ich mich systematisch weiter nach innen gearbeitet. In den Bereich, den Mona Lisa so aufmerksam beobachtete. Ich hatte kein Möbelstück ausgelassen, die beiden Klaviere genau untersucht und die Ritterrüstung, die vor einem Fenster verstaubte. Sie hatte keine Beule, keinen Kratzer, keinen Einschlag, genauso wie die Klaviere. Die waren verstimmt wie die einer Westernkneipe, aber es fehlten die entsprechenden Einschüsse. Und das Blut des letzten Pianisten.

„Ausdauer hast du ja", kam es von Zufall. „Sieht fast so aus, als ob es dir Spaß macht."

„Macht es ja auch", antwortete ich und hob einen Umzugskarton von einem Stapel. „Als Kinder hatten meine Schwester und ich ein Spiel. Sachen verstecken hieß das. Sie hat irgendwo im Haus etwas versteckt, und ich habe es gesucht. Scheiße."

„Scheiße?", fragte er amüsiert. „Ihr habt Scheiße gesucht?"

„Nein", antwortete ich und rüttelte an dem Karton, den ich herabgehoben hatte. Es klapperte metallisch. „Zinn. Alles Zinn."

„Scheiße", stimmte er zu.

Ich musste jedes einzelne Teil in die Hand nehmen und genau anschauen, ob sich das gesuchte Projektil nicht irgendwo reingebohrt hatte.

„Und wer hat gewonnen?", fragte Zufall. „Bei eurem Spiel?"

„Ich. Immer." Der große Bierseidel, den ich herausgenommen hatte, klapperte, und ich drehte ihn gespannt um, doch dann war es doch nur eine kleine Marmormurmel, die herausfiel. Weiß der Geier, wie die dort hineingekommen war.

„Du wühlst gerne in fremden Sachen."

„Hm."

Mein möglicherweise zukünftiger Chef setzte gleich nach. „Das ist genau dein Ding. Du müsstest dich mal sehen. Da leuchten die Augen."

„Das sind nur die Halos."

Er lachte, und ich warf ihm unter dem Arm hindurch einen kurzen Blick zu, aber er hatte sich gerade zu Mona Lisa umgedreht. „Der ist gut, der Junge. Was meinst du?"

Sie tat das, was sie am besten konnte. Schaute provokativ zu und schwieg.

„Nichts." Ich setzte die Kiste mit dem Zinn ab und nahm den nächsten Karton, der deutlich leichter war. Er war rundum zugeklebt, hatte keine Grifflöcher, und ich betrachtete ihn von jeder Seite. Nirgends war auch nur das kleinste Löchlein. Auch bei den anderen aus dem Stapel nicht.

Ich richtete mich auf und ließ den Blick langsam über den Bereich streifen, den ich bisher untersucht hatte. Ich hatte gerade mal die Hälfte hinter mir.

Aber aufgeben würde ich nicht.

*

„Kaffee?", fragte Zufall, und ich nickte. Er gab mir aus der Papiertüte vom Imbiss einen Becher mit Bauchbinde.

„Danke." Ich nahm einen vorsichtigen Schluck.

„Was gefunden?"

„Nein."

Zufall war nur eine Viertelstunde weg gewesen, aber in der Zeit hatte ich den Biedermeiersekretär, das große Doppelbett und die sechs sorgfältig verpackten und gestapelten Matratzen untersucht. Wieder ohne Erfolg.

Er trank einen Schluck aus seinem Becher. „Dünn", sagte er. „Sehr dünn."

„Ich weiß", antwortete ich. Ich war müde. Ich war niedergeschlagen. Und ich wusste, dass ich versagt hatte. Wenn es eine Prüfung gewesen war, dann war ich durchgefallen. Mit Pauken und Trompeten. „Scheiß Ergebnis."

„Ich meine den Kaffee", sagte der Gott der Spurensicherung, schlürfte und sah mich dann über den Rand der Brille hinweg an. „Und jetzt?"

Ich zuckte die Achseln. Fast neun Stunden hatte ich auf diesem Dachboden zugebracht und hatte mich durch schätzungsweise sieben Generationen Familiengeschichte gegraben. Ich hätte Einiges über das Leben dieser Kaufmannsdynastie erzählen können. Aber das Einzige, was ich bestätigen wollte, war, dass der letzte den vorletzten Spross des Geschlechts auf dem Gewissen hatte. Und ich hatte den Beweis dafür nicht gefunden.

„Ich gebe auf", sagte ich, trank den Becher aus und zerknüllte die Pappe in der Faust. Der Deckel flog ab und flatterte mit einem leisen, splittrigen Geräusch gegen den Sekretär, um dann auf dem Boden noch leiser auszurollen. „Ich finde die verfickte Kugel nicht. Okay. Wo ist sie?" Ich sah Kommissar Rainer Zufall fragend an.

Er stellte seinen Kaffeebecher vorsichtig auf dem staubigen Furnier des Büromöbels ab, dann hob er die Hände mit den Flächen nach oben und stand vor mir wie der Hohepriester der Kriminaltechnik. „Keine Ahnung."

„Lassen wir das", sagte ich und winkte ab. „Sie haben das Projektil doch längst gefunden. Sie wollten sehen, ob ich das auch schaffe. Okay. Ich habe es nicht geschafft. Ich hab's verbockt. Jetzt sagen Sie mir wenigstens, was ich falsch gemacht habe."

„Gar nichts", antwortete er. „Und du irrst dich. Ich habe keine Ahnung, wo deine verfickte Kugel steckt. Und das macht mich genau so wütend wie dich!"

Ich starrte ihn überrascht an, dann wandte ich den Blick zu Mona Lisa. „Das hast du gewusst!"

Sie sah mich an. Lächelte ihr Jungmädchenlächeln. Und sagte immer noch nichts.

„Ich habe gedacht, das wäre ein Spiel."

„Kein Spiel", erwiderte Zufall ernst. „Ich habe mich drei Tage durch diesen Dachboden gewühlt. Ich habe siebzehn Stellen gefunden, an denen Stahlmantelgeschosse irgendwas durchschlagen haben oder abgelenkt wurden oder abgeprallt sind. Aber ich habe diese verfluchte sechste Kugel nicht entdeckt."

Wir schwiegen.

Staub flitterte durch das grelle Halogenlicht, aber hinter den Möbeln war es dafür umso finsterer. Die Puppen standen stumm um uns herum, und der Klang eines Martinshorns wehte kurz von der Hauptstraße herüber.

„Gehen wir", sagte Zufall schließlich. Er wandte sich mit hängenden Schultern ab und machte einen Schritt auf die Tür zu, die zur Treppe führte.

„Moment noch." Ich ging in die andere Richtung, stellte mich vor Mona Lisa, drehte mich wieder um und sah ihn an.

„Hm?", kam es von ihm, in einem eher resignierten Ton. „Was denn noch?"

„Sie haben gesagt, der tödliche Schuss kam von hier." Ich hob die Hand und zielte mit einer Fingerpistole in seine Richtung.

„Ja."

„Ist das sicher?"

Er runzelte die Stirn. „Was soll das heißen?"

„Wenn du nicht weiterkommst, fang
noch mal von vorne an. Das haben sie uns
beigebracht", antwortete ich. „Alle Fragen
noch mal stellen. Alle Antworten kritisch
überprüfen. Nichts als gesichert ansehen."

„Ja, ja, ja", grummelte er. „Den Spruch
kenne ich. Der steht in einem Buch."

„Das Sie geschrieben haben."

„Das ich geschrieben habe."

Er trat einen Schritt zur Seite und zeigte
auf die Blutlache. „Hier hat er gelegen.
Kopf Richtung Tür. Also das, was noch
davon übrig war. Blutspritzer hier, hier und
hier. Da könnte man sagen, okay, das kann
auch arteriell gewesen sein, direkt aus der
Wunde. Aber nicht die Knochensplitter hier
an den Kisten. An der Kommode. Hirnan-
haftungen. Und hier steckte ein Goldzahn."
Er deutete auf einen Pappkarton, in dem
sich ein kleines Loch befand. Die Kiste war
schwarz gesprenkelt, und neben dem Loch
klebte ein grellgrüner, runder Marker. „Es
ist eindeutig. Der Schuss kam von dort drüben. Von Mona Lisa. Selbst wenn die Kugel
um fünfundvierzig Grad abgelenkt wurde –

und du weißt, wie unwahrscheinlich das bei einem Vollmantelgeschoss ist –, sie muss hier irgendwo eingeschlagen sein." Er umfasste mit einer weiten Armbewegung den Bereich, den ich durchsucht hatte. „Aber das Drecksteil ist nicht da."

„Also stimmt wenigstens eine Annahme nicht", sagte ich.

Zufall sagte nichts. Er beobachtete mich nur durch seine großen Brillengläser. Ich drehte mich um, ging um Mona Lisa herum und trat neben den Sekretär links neben der Puppe.

„Ich habe den Alten gejagt", sagte ich. „Fünfmal habe ich schon danebengeschossen. Jetzt hat er mich ausgetrickst und rennt zur Tür. Ich höre es. Was mache ich da? Ich habe nur noch einen Schuss. Eine letzte Chance. Laufe ich jetzt Slalom durch die Möbel? Oder nehme ich den direkten Weg?"

Eine Seemannstruhe stand neben dem hohen Büromöbel, und ich stieg darauf. Ein Blick auf den mehr als mannshohen Sekretär zeigte mir, dass ich auf der richtigen Spur war. Der Staub darauf war verwischt, und ich erkannte einen Schuhabdruck. Vorsichtig, um den Abdruck nicht zu verwischen, zog ich mich hinauf, kauerte mich hin und zielte erneut mit dem Zeigefinger. „Peng!"

Zufall starrte mich mit offenem Mund an. „Verdammt. Der Winkel! Wenn der Junge von dort oben geschossen hat, dann war der Einschlag viel steiler!" Ich bemerkte die Aufregung in seiner Stimme. Das Jagdfieber hatte ihn nun auch gepackt.

Ich ließ mich wieder runter und ging hinüber. Zufall war in die Knie gegangen und betrachtete die Marker in der Nähe der Blutlache.

„Hier!" Er deutete auf eine Stelle, die mit einem roten Pfeil gekennzeichnet war. Der Boden bestand an dieser Stelle nicht aus Holz, sondern aus Ziegelsteinen, und ein Projektil hatte eine Furche darin hinterlassen.

„Welchem Schuss wurde das zugeordnet?", frage ich.

„Nummer vier!", antwortete er und deutete auf die kleine Kommode, die keine drei Meter weiter stand. Sie hatte ein eindrucksvolles Einschussloch neben dem Schloss der obersten Schublade.

„Und wenn das falsch ist?"

Wir drehten uns beide um und schauten nach der Stelle, an der ich gerade noch auf dem Sekretär gekniet hatte. Ich zog eine geistige Linie von dort zu dem Einschlag im Boden, berechnete den Winkel der Ablenkung, hob den Blick — und sah auf genau die Stelle, auf die Rainer Zufall nun auch starrte. Wir wechselten einen kurzen Blick, dann eilten wir zu der Ritterrüstung.

„Kann gar nicht sein", meinte Zufall. „An dem Ding ist kein Kratzer."

„Äußerlich", sagte ich.

„Scheiße!"

Wir sahen beide auf den Helm der Rüstung. Es war sicher keine echte, sondern nur ein nachgefertigtes Dekorationsstück, mit einem spitz zulaufenden Visier, das geschlossen war. Zufall griff danach und schob es nach oben. Das Scharnier quietschte leise und rastete ein. Das Eisen war stumpf und angerostet. Deshalb sahen wir sie umso deutlicher, die langgezogene Kerbe. Sie lief an der gesamten Innenseite des Helms entlang, vom rechten Rand der Gesichtsöffnung bis zum linken, und der

Kratzer im dreckigen Stahl schimmerte silbern.

„Das Ding war offen!", sagte Zufall. „Die Kugel schlägt ein, rutscht einmal rund, fliegt wieder raus, und das Visier klappt zu!"

Wie auf Kommando drehten wir uns um. Mona Lisa schien uns anzugrinsen.

Sie schwieg.

Wir auch. Eine Weile.

„Hatten Sie so was schon mal?", fragte ich. „Eine Kugel, die genau dorthin zurückfliegt, wo sie abgefeuert wurde?"

Zufall schüttelte den Kopf. „Noch nie. Wir haben die ganze Zeit auf der falschen Seite des Dachbodens gesucht." Langsam gingen wir auf Mona Lisa zu.

„Also noch mal ganz von vorne", sagte er und schaute die Kleiderpuppe an. „Du hättest ruhig mal was sagen können! Du hattest doch das alles genau im Blick."

Ein Schauer durchfuhr mich, und die Haare auf meinen Armen stellten sich auf. „Ja", sagte ich langsam. „Das hatte sie. Alles genau im Blick." Meine Stimme war heiser, aber nicht durch die ständigen Wiederholungen und den Staub. Ich spürte, wie meine Pumpe das Adrenalin durch die Adern förderte, und meine Hand zitterte leicht, als ich sie hob.

Mona Lisa starrte mich an. Langsam näherte ich den Zeigefinger ihrem rechten Auge, legte ihn darauf und atmete einmal tief durch.

„Scheiße", kam es von Zufall. „Deswegen haben uns ihre Blicke verfolgt. Die ganze Zeit."

Ich nickte nur. Mona Lisa hatte wunderbar sorgfältig aufgemalte Augen mit großen Pupillen. Nur war die Schwärze auf ihrem rechten keine Farbe. Es war ein Loch.

„Tut mir leid", sagte ich und packte den Hals der Kleiderpuppe. Ich zog daran, und er löste sich mit einem leichten Ploppen. Etwas rollte wie eine Roulettekugel im Kessel, als ich ihn bewegte.

Ich drehte den Kopf um. Zufall zückte ein Klappmesser und schnitt den Hals am unteren Ende auf. Dann hielt er die Hand hin, und ich kippte den Schädel.

Das Geschoss war trotz des Stahlmantels an der einen Seite eingedrückt, wahrscheinlich die Folge des Einschlags in der

Ritterrüstung. Aber die Züge aus dem Lauf des Revolvers waren genauso deutlich zu erkennen wie die feinen, dunklen Spuren. Es klebte Blut daran. Das Blut des Opfers.

Schweigend starrten wir auf das Projektil in Zufalls Hand.

Dann setzte ich der Puppe behutsam den Kopf wieder auf den Rumpf, zog den Kragen um den Hals und schob ihre Perücke gerade. „Danke", sagte ich leise zu ihr.

Irgendwo schlug eine Turmuhr. Mitternacht wäre passend gewesen, aber sie schaffte es nur bis Viertel vor zwölf.

„Und?", fragte ich schließlich. „Test bestanden?"

„Willst du meinen Job?", erwiderte Hauptkommissar Rainer Zufall.

„Klar", antwortete ich. „In ein paar Jahren."

„Kriegst du."

Mona Lisa schwieg und lächelte.

# DER AUTOR

Matthias Herbert wurde 1960 in Darmstadt geboren.

Nach einem bis dahin eher ereignisarmen Leben machte er 1979 das Abitur und wurde zum Entsetzen vieler Polizist.

Als Ordnungshüter stand er bald vor der Wahl, depressiv zu werden oder mit dem Schreiben zu beginnen.

Er wählte eine Mischform: Er verfasste fortan kaum verständliche und traurige Prosa.

Nach drei Jahren zog er die Uniform aus und hat seitdem eine Allergie gegen grüne Kleidung.

Es folgte ein orientierungsloses Jahr, dann schrieb er sich zum Studium von Germanistik, Buchwesen und Publizistik in Mainz ein.

Ein gleichzeitig eintreffender Nachwuchsliteraturpreis überzeugte ihn davon, dass er als Autor vielleicht doch nicht talentfrei war.

Bald musste er aber feststellen, dass die Germanistik Literatur auseinandernimmt und nicht zusammensetzt und verlor die universitäre Motivation.

Während er mehr schrieb als studierte, arbeitete u.a. als Kraftfahrer, Bäcker, Fensterputzer, Buchclubwerber, Druckereigehilfe, Installateur, Gärtner, Offsetmonteur, Meinungsforscher, Gewächshausverkäufer, Bewässerungskonstrukteur, Reprofotograf und Hifi-Händler.

Neben einem unlesbaren Roman und diversen Erzählungen produzierte er in der Zeit verschiedene Theaterstücke, veranstaltete Literaturworkshops und -Feste und betreute mehrere Jahre eine Gruppe junger Autoren, aus der diverse, heute namhafte Künstler bzw. Journalisten hervorgingen.

Geld verdiente er als Schriftsteller aber erst, als er anfing, Krimis für Illustrierte zu schreiben.

Aus genau dieser Zeit stammt die vorliegende Sammlung von Kurzgeschichten über Mord und Totschlag, die allesamt zwischen 1997 und 2000 in Publikums-Zeitschriften aus der sogenannten Yellow-Press veröffentlicht wurden.

Rundfunkarbeiten und eine Einladung zu einem Drehbuchseminar der Bertelsmann-Stiftung folgten.

1988 gab Matthias Herbert seinen letzten Brotjob auf und versuchte seinen Traum zu leben, als freier Schriftsteller zu existieren.

Da er mit seinem ersten Drehbuch gleich als die Entdeckung des Jahrzehnts gefeiert wurde, musste er sich um Aufträge erst einmal keine Sorgen machen.

Er gab das Prosaische nahezu vollständig auf und widmete sich filmischem Mord und Totschlag.

Gute 30 Jahre später hat er mehr als tausend Tote auf dem Gewissen und über 350 Drehbücher verfasst.

In einer der periodischen Wirtschafts- und Fernsehkrisen besann er sich dann auf seine Wurzeln und fing wieder mit Prosa an.

Er folgte seiner heimlichen Liebe zur Fantasy und er erfand seine eigene Welt: Memiana mit einem Leben ohne Pflanzen und Nacht.

Ab 2009 arbeitete er mit Unterbrechungen an der Reihe, die er 2021 mit Band 14 abschloss.

Memiana ist damit ein Epos von mehr als 6000 Seiten geworden.

Aktuell ist bereits das Nachfolgeprojekt in Arbeit, das aber diesmal auf bescheidene 3 Bände und damit eine klassische Trilogie angelegt ist.

Heute lebt und schreibt Matthias Herbert in Limburg an der Lahn, haust in einem Schloss mit Turmblick über die Stadt und teilt sich die Wohnung in einer Autoren-WG mit seiner jüngsten Tochter.

MATTHIAS HERBERT

MEMIANA

DAS LICHT DES TODES

MORD & TOTSCHLAG
FANTASY

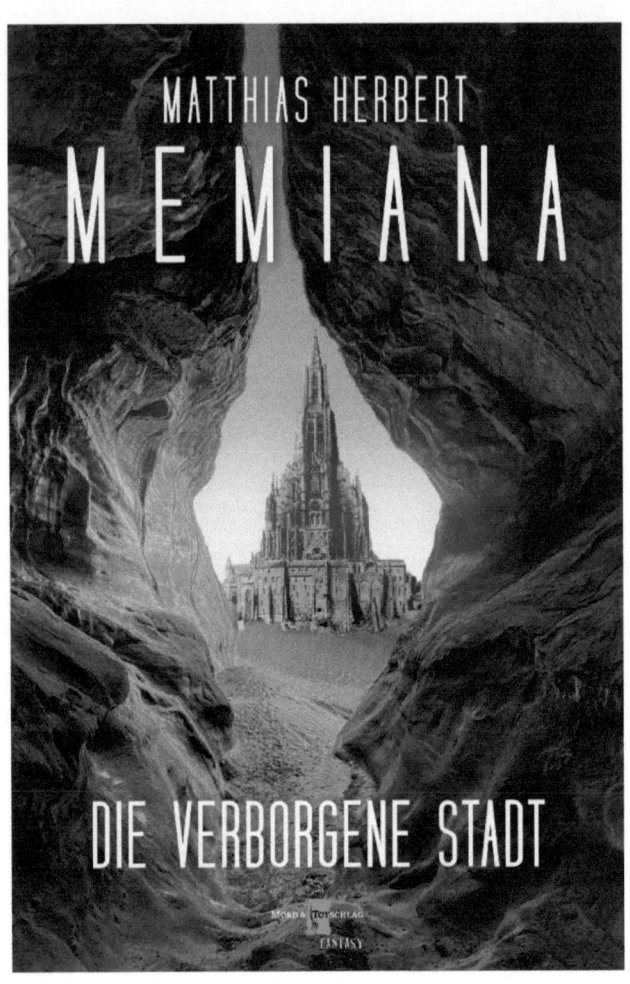

MATTHIAS HERBERT

# MEMIANA

## DIE VERBORGENE STADT

MORD & TOTSCHLAG

FANTASY

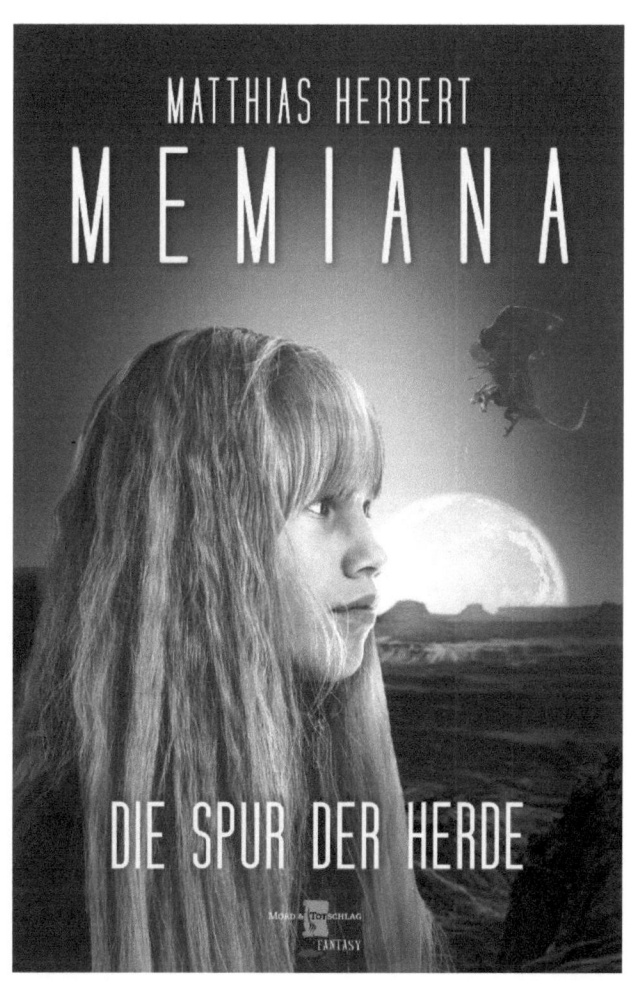

MATTHIAS HERBERT

# MEMIANA

## DER GEHEIME PFAD

MORD & TOTSCHLAG

FANTASY

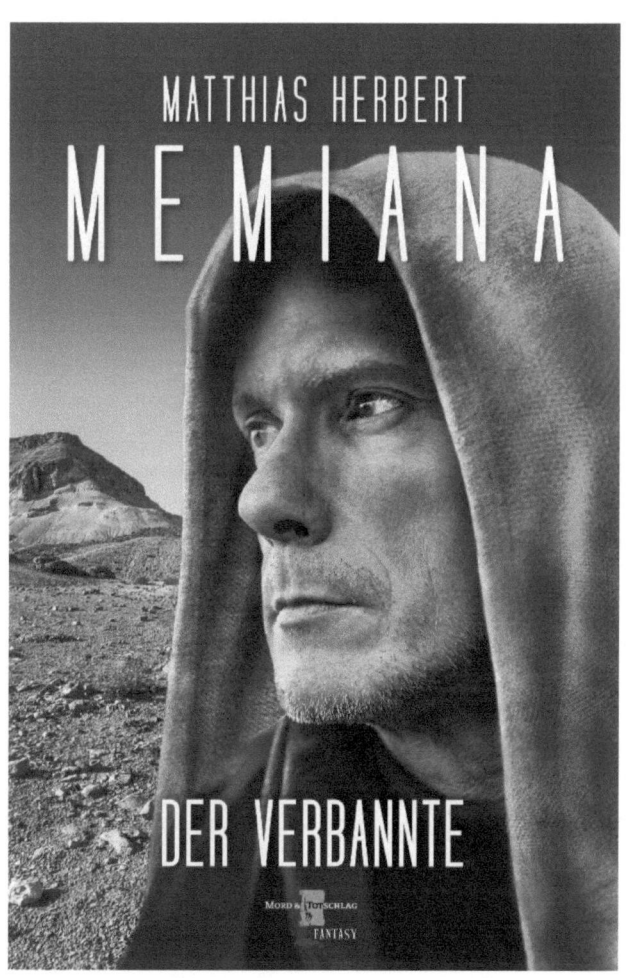

MATTHIAS HERBERT

# MEMIANA

## DER VERBANNTE

MORD & TOTSCHLAG
FANTASY

MATTHIAS HERBERT

# MEMIANA

## HETZJAGD

MORD & TOTSCHLAG
FANTASY

MATTHIAS HERBERT

# MEMIANA

## ABSEITS DES PFADES

MORD & TOTSCHLAG

FANTASY

MATTHIAS HERBERT

# MEMIANA

## HARTWASSER

MORD & TOTSCHLAG
FANTASY

MATTHIAS HERBERT

# MEMIANA

## MAUERN DER MACHT

MORD & TOTSCHLAG
FANTASY

MATTHIAS HERBERT

MEMIANA

TODESRAUSCH

MORD & TOTSCHLAG

FANTASY

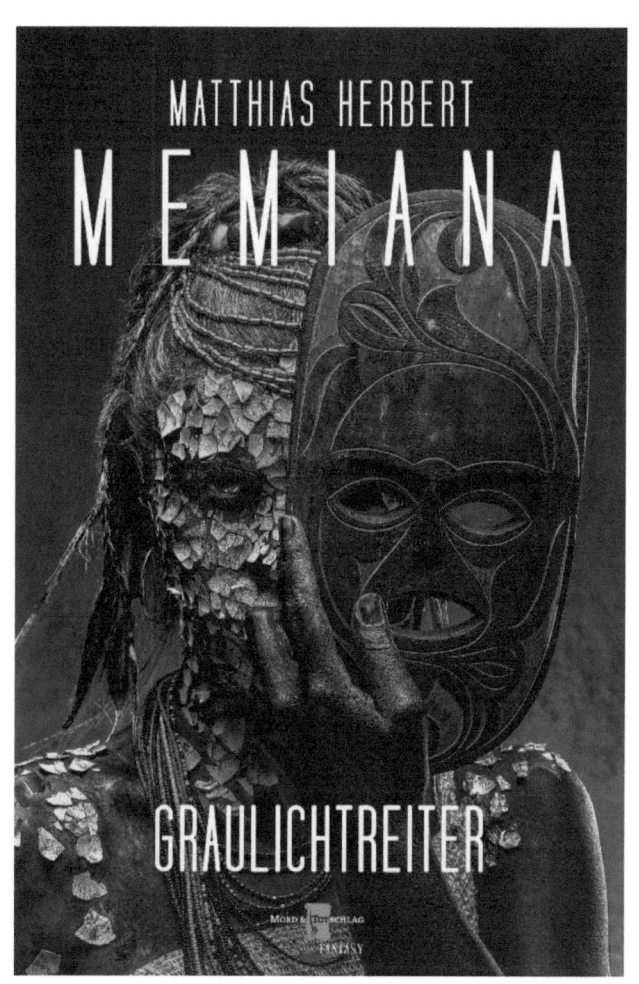

MATTHIAS HERBERT

# MEMIANA

## GRAULICHTREITER

MORD & TOTSCHLAG
FANTASY

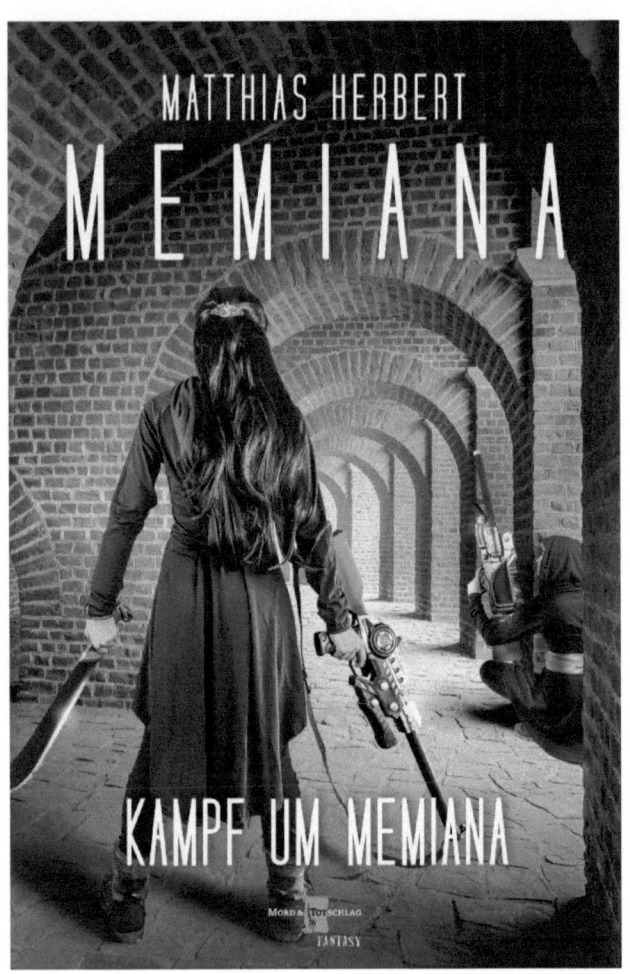

MATTHIAS HERBERT

MEMIANA

KAMPF UM MEMIANA

MORD & TOTSCHLAG
FANTASY